La infancia del mundo

Michel Nieva

La infancia del mundo

EDITORIAL ANAGRAMA
BARCELONA

Ilustración: © Adrián Villar Rojas
Imágenes del interior: © Catinga (Gustavo Guevara)

Primera edición: febrero 2023

Diseño de la colección: Julio Vivas y Estudio A

© Michel Nieva, 2023
CASANOVAS & LYNCH AGENCIA LITERARIA, S. L.
info@casanovaslynch.com

© EDITORIAL ANAGRAMA, S. A., 2023
Pau Claris, 172
08037 Barcelona

ISBN: 978-84-339-0178-1
Depósito legal: B. 19950-2022

Printed in Spain

Romanyà Valls, S. A., Sant Joan Baptista, 35
08789 La Torre de Claramunt

A Miguel Villafañe, in memoriam

Pero todo pasa en este inmundo mundo.

Aurora Venturini

The antarctic continent was once temperate and even tropical.

H. P. Lovecraft

En el Caribe Pampeano

EL NIÑO DENGUE

Nadie quería al niño dengue. No sé si por su largo pico, o por el zumbido constante, insoportable, que producía el roce de sus alas y desconcentraba al resto de la clase, lo cierto es que, en el recreo, cuando los chicos salían disparados al patio y se juntaban a comer un sánguche, conversar y hacer chistes, el pobre niño dengue permanecía solo, adentro del aula, en su banco, con la mirada perdida, fingiendo que revisaba con suma concentración una página de sus apuntes, para disimular el inocultable bochorno que le produciría salir y dejar en evidencia que no tenía ni un solo amigo con quien hablar.

Corrían muchos rumores sobre su origen. Algunos decían que, por las condiciones infectas en que vivía la familia, en un rancho con latas oxidadas y neumáticos en los que se acumulaba agua de lluvia podrida, se había incubado una nueva especie mutante, insecto de proporciones gigantescas, que había violado y preñado a la madre, luego de haber matado a su marido de una forma horrenda; otros, en cambio, sostenían que el insecto gigante habría violado y contagiado al padre, quien, a su vez, al eyacular adentro de la madre, habría engendrado a ese ser inadaptado y siniestro y que, al verlo recién nacido, los abandonó a ambos, desapareciendo para siempre.

Muchas otras teorías, que ahora no vienen al caso, se comentaban sobre el pobre niño. Lo cierto es que cuando sus compañeritos, ya aburridos, reparaban en que el niño dengue se había quedado solo en el aula, simulando que hacía la tarea, lo iban a molestar:

—Che, niño dengue, ¿es cierto que a tu mamá la violó un mosquito?

—Eu, bicho, ¿qué se siente ser hijo de la chele podrida de un insecto?

—Che, mosco inmundo, ¿es cierto que la concha de tu vieja es una zanja rancia de gusanos y cucarachas y otros bichos y que de ahí saliste vos?

Inmediatamente, las antenitas del niño dengue empezaban a temblar de rabia y de indignación, y los pequeños hostigadores se escapaban entre risotadas, dejando de vuelta al niño dengue solo, sorbiendo su dolor.

No era mucho más agradable la vida del niño dengue cuando volvía a su casa. Su madre (él juzgaba) lo consideraba un fardo, una aberración de la naturaleza que la había arruinado para siempre. ¿Una madre sola, con un hijo? Criar un hijo en esa situación siempre es difícil, pero al cabo de los años, el niño dará motivos de dicha a la madre, que justificarán con creces su esfuerzo, y eventualmente el niño será un joven y después un adulto, que podrá acompañar y ayudar y mantener económicamente a la madre, quien, cuando envejezca, recordará con nostalgia el hermoso pasado compartido y se llenará de orgullo por los logros de su primogénito. ¿Pero un hijo mutante, un niño dengue? Este es un monstruo que habrá que alimentar y cargar hasta la tumba. Un extravío de la genética, cruce enfermo de humano e insecto que, frente a la mirada asqueada de propios y ajenos, solo producirá vergüenza, pero que nunca, jamás de los jamases, dará ni un logro, ni una satisfacción a la madre.

Por eso (él juzgaba) la madre lo odiaba, y estaba llena de resentimiento contra él.

Lo cierto es que ella trabajaba de sol a sol para mantener a su hijo. Todos los días, sin descanso ni feriado, viajaba hacinada en una lancha colectiva el penoso trecho de ciento cincuenta kilómetros hasta Santa Rosa. Durante la semana, era empleada doméstica en un edificio del distrito financiero, mientras que sábados y domingos hacía de niñera en casas de gente rica de la zona residencial de esa misma ciudad. Cuando llegaba, por la noche, a su propio hogar, estaba demasiado cansada, cargando con la violencia recibida por sus patrones, y no tenía paciencia para nada. A veces, cuando abría la puerta y se encontraba con el chiquero que el niño dengue, por carecer de manos, dejaba involuntariamente por la mesa y el suelo, le gritaba:

—¡Bicho pelotudo! ¡Mirá el quilombo que hiciste!

De la bronca acumulada lo perseguía con la escoba mientras el insecto sobrevolaba torpemente por la cocina, tirando de los estantes ollas y platos al suelo y aumentando la destrucción y el desorden, hasta que la madre se hartaba y se ponía a limpiar, resignada, aunque (él juzgaba) mirándolo de reojo con odio despiadado.

La madre del niño dengue aún era muy joven y hermosa, y como carecía de tiempo para salir a conocer gente, cuando creía que su hijo se había ido a dormir, tenía citas virtuales, encerrada en su pieza. El niño dengue, desde su propio catre, la escuchaba conversar entusiasmada y, a veces, reír.

¡Reír!

Una manifestación de alegría tan hermosa, que jamás profería estando con él. Entonces, curioso (acometiendo un enorme esfuerzo para dominar el ruido de sus zumbidos), el niño dengue sobrevolaba con sigilo desde la cocina hasta la puerta de la madre, y metía alguno de los omatidios de su ojo compuesto por la cerradura. La madre, como sospechaba, se veía feliz, luciendo un hermoso vestido de flores, riendo y contando chistes, transformándose en una mujer desconocida para el niño dengue, casi una nueva persona, ya que en la cotidianeidad que compartían siempre estaba preocupada, cansada o triste.

De pronto, el niño dengue, mientras espiaba por la cerradura, se ensombrecía, y pensaba cuánto mejor hubiera sido la vida de la madre si no hubiera tenido la desgracia de que un monstruoso mosquito la violara y le diera un hijo infectado y mutante.

¡Horror siniestro de las más amargas verdades!

¡Él, un monstruo, que había arruinado la vida de su madre para siempre!

Era en esa hora de desvelo y de luz vaga cuando el niño dengue volvía a la pieza y, al mirarse al espejo, se encogía de espanto.

Donde la madre hubiera querido orejitas, el niño dengue tenía unas gruesas antenas peludas.

Donde la madre hubiera querido la naricita, el niño dengue tenía el largo pico renegrido como un palo duro y quemado.

Donde la madre hubiera querido la boquita, el niño dengue tenía la carne deforme y florecida de los palpos maxilares.

Donde la madre hubiera querido ojitos del color de su madre, el niño dengue tenía dos bolas marrones y grotescas, compuestas por cientos de omatidios de movimientos independientes y dispares, que tanta abominación y asco causaban.

Donde la madre hubiera querido piecitos gordos con deditos enternecedores de bebé, el niño dengue tenía patas bicolores y penosamente delgadas, finas como cuatro agujas.

Donde la madre hubiera querido la pancita, el niño dengue tenía un abdomen áspero, duro y traslúcido, en el que se vislumbraba un manojo de tripas verdosas y malolientes.

Donde la madre hubiera querido bracitos, brotaban las alas, y sus nervaduras, como várices de viejo podrido, y donde la madre hubiera querido sus risitas y encantadores gimoteos, solo había un zumbido constante y enloquecedor, que quemaba los nervios hasta del ser más tranquilo.

Su reflejo, en suma, le confirmaba lo que siempre supo: que su cuerpo era una inmundicia.

Amasando esta certeza terrible, el niño dengue se preguntaba si, además de ser un repugnante monstruo, un día no se volvería también una amenaza mortal.

En efecto, él sabía que la mayor de las preocupaciones de la madre, que hostigaba sus noches y días, era que el niño dengue en algún momento, cuando creciera y deviniera en hombre dengue, no pudiera controlar el instinto que lo marcaba, y empezara a picar e infectar de dengue a todo el mundo, incluida a ella, o a algún compañerito de la escuela. Un hijo que, encima de mutante portador de virus, se haría su transmisor deliberado, su gozoso vehículo homicida, y que la condenaría aún a peores amarguras. Por eso, cuando el niño dengue se iba por la mañana a la escuela, la madre, junto al almuerzo, le entregaba otro pequeño táper, mientras le susurraba lastimosamente al oído:

—Bichito, acordate que, si en algún momento empezás a sentir una necesidad nueva, extraña e irrefrenable, podés chupar esto.

El pobre niño dengue, de la consternación, miraba al suelo y asentía, haciendo un esfuerzo inútil por contener las lágrimas que caían de sus omatidios a los palpos maxilares. Subía, avergonzado, el paquete a su lomo, y se iba volando a la escuela, cargando con el bochorno de que la madre lo considerara un potencial y peligroso criminal, vector contagiante de males incurables. El niño dengue tenía tanta rabia que, cuando estaba lo suficientemente lejos de la casa, revoleaba el táper por alguna alcantarilla. Y cuando caía al suelo y se abría, el niño dengue, sin bajar su mirada, aún enturbiada de lágrimas, proseguía presto el vuelo. El niño dengue no bajaba la mirada porque no necesitaba comprobar, no precisaba verificar, lo que ya sabía que el oprobioso táper contenía: una palpitante y grasosa morcilla que, todavía tibia, se desarmaba lentamente por los resquicios de la cloaca.

Sangre cocida, sangre coagulada, sangre renegrida y sangre espesa.

¡Una morcilla!

Esa era la sustancia que la madre creía que podría calmar el sórdido instinto del insecto.

Así, mal que bien, entre la escuela y la casa, era como pasaban los días del niño dengue, hasta que finalmente llegaron las vacaciones de verano. Como la madre trabajaba todo el día y no tenía tiempo de cuidar a la criatura, lo mandó a una colonia de vacaciones para varones, con otros niños de familias obreras. Para el niño dengue, la colonia resultó un martirio aún peor que la escuela, ya que si bien la escuela era una pesadilla de tormentos y maltratos, y los chicos desplegaban una truculencia que no conocía límites, al menos se trataba siempre de los mismos chicos. El niño dengue podía identificar y anticipar a sus compañeritos, y ya sabía de memoria el repertorio de maldades a las que lo someterían. Chupasangre. Bicho. Mosco inmundo, le decían. Hasta sabía cuál sería el día en que rociarían veneno contra mosquitos en su asiento. Pero la colonia abría un universo nuevo, con decenas de niños desconocidos, y con el riesgo de que fueran aún más agresivos y crueles, o al menos más imprevisibles en su maldad.

La colonia quedaba en una de las playas públicas más sucias y macilentas de Victorica. Para quien no conozca esta austral región de Sudamérica, recordaremos que fue en 2197 cuando se derritieron masivamente los hielos antárticos, y al subir el mar a niveles jamás vistos, la Patagonia, región otrora famosa por sus bosques, lagos y glaciares, se transformó en un reguero desarticulado de pequeños islotes ardientes. Pero lo que nadie imaginaba era que esta vaticinada catástrofe climática y humanitaria, milagrosamente, le diera a la provincia argentina de La Pampa una inédita salida al mar que transformó de cuajo su geografía. De un día para el otro, La Pampa pasó de ser un árido y moribundo desierto en el confín de la Tierra, resecado por siglos de monocultivo de girasol y de soja, a la única vía, junto al Canal de Panamá, de navegación interoceánica de todo el continente. Esta inesperada metamorfosis insufló a la economía regional de constantes y suculentos ingresos por tarifas portuarias, además de que le dio acceso a noveles y paradisíacas playas que atrajeron a veraneantes del mundo entero. Sin embargo, los mejores balnearios, los que estaban más cerca de Santa Rosa, eran propiedad exclusiva de hoteles privados y de mansiones de veraneantes extranjeros. La gente común como el niño dengue solo tenía acceso a las playas públicas, cercanas al Canal Interoceánico de Victorica, que era donde se acumulaba toda la podredumbre del puerto: un miserable aguantadero de plástico y escombros en el que se incubaba todo tipo de aberraciones.

La colonia ofrecía un combo perfecto para madres y padres que trabajaban de sol a sol, como ocurría con la madre del niño dengue. Básicamente, pasaban a buscar bien temprano a los chicos en ómnibus y después los devolvían, puntualmente, a eso de las ocho de la noche. Como se trataba del servicio más importante de la colonia, era la parte más aceptada del negocio, y el resto se relegaba a un lugar secundario. Así, los chicos solo recibían de desayuno un miserable pan duro con mate cocido, y de almuerzo polenta con manteca y jugo instantáneo. En cuanto a las actividades recreativas que la colonia prometía, no eran más que un profesor de gimnasia panzón y jubilado que se tiraba a fumar en la arena, y que tocaba el silbato cuando veía que alguno de los pibes se metía muy profundo en el agua o se adentraba en un basural de objetos cortantes y filosos.

De esta manera, los chicos, sin dios ni patrón, hacían lo que querían, y correteaban y jugaban a la pelota o se bañaban y bronceaban en la maloliente playa. Y había uno en particular que, a falta de adulto responsable a cargo, se había vuelto el líder de la manada, al que todos llamaban el Dulce. El Dulce era un niño gordito e hiperactivo de unos doce años. Su padre trabajaba en una planta procesadora de pollos, y el Dulce, quien a veces iba a visitarlo, se había ganado la admiración del grupo por describir con lujo de detalles cómo degollaban y destripaban a las aves.

—Mi papá —decía el Dulce— maneja en la planta el Eviscerator 3000, un súper robot a control remoto que, con solo apretar un botón, le mete un gancho por el orto a los pollos y les deja las tripas colgando. —En ese momento, un reverencial silencio de respeto reinaba alrededor del Dulce—. Lo más loco es que, para ese momento, los pollos siguen vivos. Para asegurar la terneza de la carne, el truco consiste en desplumarlos primero con vapor hirviendo, después sacarles las tripas por el orto, y es recién al final, antes de separarlos en piezas, cuando los degüellan. Por eso —continuaba el Dulce, mientras se tocaba las orejas—, la clave es usar tapones, para que los moribundos gritos de los agonizantes no te trastornen el cerebro mientras el Eviscerator les revienta el ojete.

Una vez que terminaba su historia y los otros niños permanecían en silencio imaginando los alaridos desahuciados de los pollos, el Dulce, que ya se había convertido en una suerte de maestro de ceremonias del grupete, los guiaba hacia un rincón apartado del balneario y, sin mayores preámbulos, se bajaba la malla hasta los tobillos.

—Hablando de gansos —acotaba.

Cuestión que el Dulce, a la vista de todos, empezaba a frotarse furiosamente la pija con el dedo pulgar y el dedo índice. Al cabo de unos pocos minutos, frente a la mirada magnetizada del grupo, el pito del Dulce disparaba una delgada serpentina transparente que caía, confundida con un moco, en la arena.

—¿Y el resto? ¿No se va a manotear el ganso?

Entre confundidos y aterrados, los otros chicos, que de pronto se vislumbraban destripados y desplumados como pollos, procedían a imitar al Dulce. Se bajaban, titubeantes, la malla hasta los tobillos y, en ronda, acercaban el dedo pulgar y el dedo índice a la zona y la amasaban. No hace falta aclarar que este era un momento especialmente embarazoso para la mayoría, ya que los chicos se encontraban en esa edad transicional en la que unos ya entraron a la pubertad pero otros no, y en la que los cuerpos empiezan a cambiar contra la voluntad de sus dueños y reina en ellos la espasticidad y la torpeza. Pero, mal que bien, todos eran niños humanos, y sus cuerpos, aunque con diferencias y especificidades, se parecían. Salvo, claro está, el niño dengue. La genitalia de los mosquitos macho, se sabe, carece de pene. Estos especímenes poseen testículos internos en su abdomen, acompañados de un tracto eyaculatorio parecido a una pequeña cloaca. Por eso, el niño dengue, horrorizado de exhibir su anomalía, fue el único que no acató las órdenes del Dulce, desobediencia que no pasó desapercibida al pequeño dictador. Este, con la malla aún por los tobillos y los puños en la cintura, comprobaba satisfecho cómo cada uno de los chicos cumplía con sus órdenes. Sin embargo, cuando su mirada aterrizó en el niño dengue (quien se había quedado helado, mirando con pudor la arena), lo desafió:

—¿Qué pasa, niño dengue? ¿Te da miedo mostrar la chota?

Como el niño dengue no contestaba, sino que, encogido en sus cuatro delgadas patas, movía, avergonzado, con el pico, algunos granitos de arena, el Dulce se cebó aún más en su prepoteo. Y ahí fue cuando se desmadró la cosa.

—¡Miren, miren! —lo señalaba entre gritos el Dulce, llamando la atención del resto, absortos hasta ese momento en su onánica tarea—. ¡Está eunuco el insecto!

De pronto, todos, incluido el propio Dulce, repararon en que ignoraban el sentido de la palabra «eunuco», pero que por eso justamente funcionaba aún más y mejor.

—¡Está eunuco el insecto!
—¡Está eunuco el insecto!
—¡Está insecto el eunuco! —gritaban, entusiasmados, repitiendo la expresión al derecho y al revés, sintiendo cómo adquiría un sentido mágico y misterioso. Los varoncitos, así, de manera inadvertida, descubrían las maravillas del lenguaje que algunos llaman poesía, y en ronda, abrazados, aún con la malla por los tobillos, pero guiados por el Dulce como quien se deja llevar por Virgilio al Purgatorio, pusieron al niño dengue en el centro de la asamblea y empezaron a gritar, a coro, desplegando un variopinto tesoro de la lengua que jamás hubieran sospechado albergar, pero que surgía de sus corazones como al vate la inspiración divina:
—¡Mosco emasculado!
—¡Artrópodo capado!
—¡Solo ano tiene el tábano!
—¡Invértebre castrado!
Y después, en coro, como una canción de cancha que lideraba el Dulce mientras agitaba su mano cual barrabrava:
—¡Bi-cho eu-nu-co!
—¡Bi-cho eu-nu-co!
—¡Bi-cho eu-nu-co!
Y, de vuelta, el estribillo:
—¡Bi-cho eu-nu-co!
—¡Bi-cho eu-nu-co!
—¡Bi-cho eu-nu-co!
¡Ay, qué difícil describir el instante exacto y fugitivo de una iniciación!
Se han escrito, es cierto, miles de novelas de aprendizaje, que lo han pretendido con mayor o menor pericia. ¿Pero es posible dar cuenta con palabras del momento helado en que una criatura acomete, aunque más no sea con

confuso o atolondrado furor, el hecho decisivo que hilará en la misma trenza su vida pasada y su vida futura, esa marca de fuego y de sangre que algunos llaman destino, y que acaso le estaba asignada?

Lo cierto es que el niño dengue, contrariamente a la reacción que siempre mostraba ante los atropellos padecidos por su condición mestiza, no se angustió ni deseó estar muerto ni sus antenitas peludas temblaron de rabia o de dolor. El truculento canto en ronda (con importantes aciertos poéticos, hay que admitir) de los varoncitos liderados por el Dulce no arredró ni una gota de su temple. Fue, en cambio, bien distinta la inaudita adrenalina que se inyectó en cada una de las nervaduras de sus alas. Porque cuando el niño dengue puso en la mira de sus omatidios al Dulce, quien, aún con los pantalones bajos, lo señalaba y se burlaba, ya no vio siquiera a un antagonista, siquiera a un par, siquiera un humano. Frente a la temible aguja del niño dengue, no se alzaba más que un delicioso sorbete de carne, un palpitante cacho de morcilla suculenta. Arrastrado por el vértigo de esta nueva e incontenible necesidad, una brusca revelación cruzó las peludas antenas del niño dengue, de forma más clara y lúcida que nunca pese a la indistinta vocinglería que lo envolvía. El niño dengue, no sin cierta incongruencia, razonó: no soy un niño, sino una niña. La niña dengue. En efecto, en la especie *Aedes aegypti*, de la que él (o ella) era un ejemplar único, solo las hembras pican, succionan y transmiten enfermedades, mientras que los machos se dedican al hábito mecánico de copular y engendrar. Con alivio, con filial temor, entendió que un error gramatical la acompañó toda su vida, y que si no era el niño sino la niña, jamás podría violar a su madre, ni repetir el crimen del que sus compañeritos acusaban a su padre. Así, enardecida como quien descubre una verdad que acoquina, la niña dengue se abalanzó sobre el cuerpo desnudo hasta los tobillos del Dulce, quien rodó por la arena. Con precisión cirujana, lo inmovilizó. Acercó su pico y, como quien abre una morcilla y se come solo lo de adentro, destripó la barriga. Abstraída de los gritos enloquecidos de los otros niños, que viraron de canto festivo a trance siniestro y huyeron en estampida en busca de socorro (como podían, claro está, debido a los pantalones todavía por los tobillos), la niña dengue metió su pico en el reventado vientre del Dulce y levantó un racimo sanguinolento de tripas. Frente a la mirada aterrorizada del profesor de gimnasia, quien, alertado, ya se había acercado al lugar de los hechos, pero, en shock, apenas atinaba a soplar estúpidamente su silbato, la niña dengue, como quien ofrece un sacrificio a su divinidad, elevó con el pico las vísceras del Dulce, limpias y azules, en dirección al sol. Acto seguido, como quien rompe una piola, pegó un tirón. Un chorro de sangre y excremento y otras hieles amargas salpicaron y ensuciaron el rostro helado del profesor de gimnasia, y también tiñeron la arena y después las olas que lentamente llegaban de la orilla y después se iban.

La niña dengue sorbió de esta pócima deliciosa que no paraba de manar de forma descontrolada de las tripas del Dulce, quien temblaba en una extraña epilepsia, seguramente a causa de la siniestra enfermedad que acababa de contraer. Hay que recordar que la saliva de mosquito contiene una poderosa sustancia anticoagulante y vasodilatante que favorece la hemorragia, y por eso la sangre fluía sin pausa como en una monumental fuente.

Una vez que la niña tomó hasta la última gota del ya flamante cadáver, remató, como quien hace un chiste malísimo que nadie estaba esperando:

—¡Estaba dulce el Dulce!

Después, miró desafiante al profesor de gimnasia, quien, helado del horror, ya ni siquiera soplaba el silbato, y completó:

—¡No como el mísero mendrugo de pan con mate cocido que nos das por la mañana!

Con vehemencia súbita, la niña aprovechó el desconcierto del profesor de gimnasia y, de un picotazo, le partió la frente, que se abrió como una sandía, y de unos pocos sorbos succionó las tripas de su cerebro.

No quedaba nada más que hacer en ese balneario inmundo.

Por piedad o quizá venganza, razonó que no tenía sentido matar a los otros chicos, que ya se habían levantado la malla pero que seguían correteando entre llantos. Solamente los picó. Apenas sintieron el pinchazo, cayeron tumbados y prorrumpieron en la siniestra epilepsia.

Razonó que tampoco tenía sentido ya despedirse de su madre, quien se enteraría por los diarios, o las madres de los otros niños, de su transformación. Ahora solo quedaba huir hacia las playas de Santa Rosa en busca de venganza, a asesinar y contagiar a la gente rica y a los turistas extranjeros que tantas penurias habían causado a su madre y, por transitividad, a ella misma.

Levantó vuelo y, sacudiendo la sangre de sus alas, se marchó envuelta en su característico e insoportable zumbido, hasta volverse un punto imaginario en el espléndido horizonte del Caribe Pampeano.

¡Salve, niña dengue!

EL DULCE

El Dulce agarró uno de los huevitos. Era viscoso y resbaladizo al tacto. Latía, y en su interior se revolvían unas miasmas opacas. Una vez que logró dominarlo en la palma de la mano, examinó con atención las extrañas venas que lo recorrían, que temblaban y se hinchaban y que variaban bruscamente de brillo y color. De pronto, miró a su hermano mayor y le preguntó:
—¿Qué mierda es esto? ¿Se coje? ¿O te pone reloco?

Si el Dulce, que en paz descanse, no hubiera muerto destripado por el implacable pico de la niña dengue, tal vez hubiera llegado a comentar a sus compañeritos de colonia, después de entrar en confianza (seguramente el ritual de masturbación colectiva hubiera propiciado esa intimidad), mientras chapotearan en las inmundas olas o boludearan con la arena infecta de la costa, esta historia o alguna otra sobre su changa de fin de semana, que era ayudar a su hermano mayor a contrabandear cajas por el Canal Interoceánico de La Pampa. La cosa era así: como dicha vía de navegación entre el Atlántico y el Pacífico cobraba unas tarifas aduaneras altísimas, muchas empresas, que en general se abocaban al tráfico de ilícitos, desembarcaban sus fletes de manera clandestina en el Canal, y allí los esperaban los paseros, grupos de contrabandeantes que ingresaban por la frontera los contenedores, primero en lancha y después en camioneta. Los paseros reetiquetaban la mercadería como «producto argentino», y finalmente la trasladaban al puerto de Victorica, donde otro barco de la misma empresa exportaba el producto, sin pagar impuesto alguno.

Era, en suma, un negocio redondo, que vertía suculentas sumas a la economía informal de Victorica, y que no había dejado sin probar tajada al hermano mayor del Dulce. Este malandrín lideraba su propia bandita, con relativo éxito porque había empezado con un pequeño bote y gracias al flujo de clientes ya se había ampliado a dos lanchas y una camioneta. Como los fines de semana, que eran los días de más tráfico y exigían mano de obra adicional, veía a su hermanito al pedo, fumando o haciendo quilombo, lo contrató con la promesa de que si cumplía bien la changa le regalaría una Pampatronics, costosísima consola de videojuegos que todo niño soñaba tener.

El Dulce rápidamente aprendió los gajes del negocio. Era el primero en llegar el sábado por la mañana al hediondo riachuelo donde descargaban. Se escupía los dedos uno por uno, porque (decía) «la babita favorece el agarre», mientras guiñaba el ojo y se prendía a una caja que pesaba dos o tres veces más que él. Un trabajador infantil ejemplar porque no importaba el tamaño o el peso, el Dulce levantaba con el mismo ahínco todos los paquetes, sin descanso, de comienzo a fin. Con disciplina incondicional, puteaba si veía alguno medio resacoso o haciéndose el distraído. No cabían dudas: ser pasero era para él un sueño hecho realidad, ya que le permitía no solo (por primera vez) sentir la atención y el respeto de su hermano mayor, sino que además lo atizaba con la esperanza de obtener la tan deseada Pampatronics. No la Pampatronik, ni mucho menos la Pampatone (aberrantes falsificaciones chinas que vendían en todas las ferias), sino la original, la Pampatronics, la que fabricaban en la Antártida y que recreaba fidedignamente en un mundo de realidad virtual cómo habían sido esas geografías antes del deshielo antártico.

Pero volviendo a los pormenores de la historia que el Dulce hubiera contado a sus compañeritos de colonia de no haber sido ajusticiado por la niña dengue, había una regla de oro con las cajas. Pese a que estas emitieran unos bufidos escalofriantes, temblaran, olieran raro o pesaran una barbaridad, el hermano siempre le advertía:

—Nunca se pregunta qué hay adentro.

Ser discreto, en efecto, era la virtud más valorada en el buen pasero. Una virtud fundamental y hasta diríamos excluyente, cuya transgresión podía costarle la vida, ya que su noble trabajo facilitaba el más espectacular atajo de ilícitos de la Tierra. Todo lo que estuviera prohibido por la ley o vedado por las reglas tácitas de la moral y las buenas costumbres pasaba a través del Canal por las manos de estos industriosos jóvenes, y si bien el Dulce y su hermano podían sentirse orgullosos de ser motores protagónicos de este necesario aunque prohibido comercio, era más fácil emprender la digna tarea dándoles a estos paquetes la entidad que efectivamente tenían: la de nada más que cajas; modestos pero resistentes, sencillos pero eficaces envoltorios de cartón que, sin importar su volumen, olor o emanaciones de todo tipo, se intercambiaban como mercancías, y por eso libraban de toda responsabilidad y cargo a quien tan solo ayudaba a circularlas en su paralelepípeda abstracción.

Sin embargo, pese al sinfín de productos vivos y no

vivos, falsificados y mutantes, terrestres y extraterrestres, pero siempre ilegales, que circulaban por esta frontera, estaba claro que la mayor cantidad de tráfico iba destinada a los tres ilícitos más populares de la Tierra: binodinal, benereoTT y el ovejín. El binodinal y el benereoTT eran drogas estimulantes y poderosamente adictivas, cuyos efectos no son tema de esta historia, mientras que el ovejín era una especie de *animal* (palabra inexacta, aunque la más cercana a describirlo) genéticamente modificado y patentado por la empresa Ovejín, que consistía nada más y nada menos que en un órgano sexual con autonomía y vida propia, dotado de su propio metabolismo, y que en sus diferentes modelos ofrecía satisfacción al más amplio abanico de perversiones. El ovejín más traficado, sin embargo, era el modelo original: una esponja amorfa de carne, moldeable al gusto del usuario, con un orificio para respirar, comer y cojer y otro para defecar y cojer y que, como odiaba el encierro, berreaba con la impotencia de los condenados.

Casi siempre, entonces, el entrechocar de las pastillas, o el resoplido quejoso del mutante, le permitía al pasero ya con viveza y hábito dilucidar el contenido de la caja, que se distribuía mayoritariamente, como decíamos, entre binodinal, benereoTT u ovejines.

Precisamente por eso, cuando el Dulce advirtió que la caja que trasladaba goteaba un líquido viscoso y la abrió para chequear si algo se había roto, preguntó, más por costumbre que otra cosa:

—¿Qué mierda es esto? ¿Se coje? ¿O te pone reloco?

Pero no, no era ni binodinal, ni benereoTT, ni un extraño y nuevo modelo de ovejín. Era otra cosa.

El hermano mayor del Dulce agarró un huevito. Lo inspeccionó con desgano y finalmente dijo:

–No son huevos. Son piedras telepáticas de la Antártida.

–¿¿Piedras telepáticas de la Antártida?? –repreguntó el Dulce, sin poder ocultar esa curiosidad y entusiasmo tan típicos de la infancia, pero que el hermano amedrentó con un par de correctivos en la cabeza:

–¡Menos averigua Dios y no existe, pendejo, andá a levantar las cajas y fruncí el ojete!

Y el Dulce obedeció, aterrado, pero con la suficiente astucia como para guardarse, sin que nadie lo advirtiera, una de las piedritas en su bolsillo.

Pero antes de que el Dulce contara (si no hubiera muerto) qué ocurrió esa noche, cabe desentrañar (hasta donde el saber científico lo permite) qué eran estas presuntas piedras telepáticas que traficaban por el Canal Interoceánico, y cuyas propiedades el Dulce y su hermano mayor ignoraban por completo.

Fue cuando finalmente se derritieron las antiquísimas capas glaciales que habían cubierto durante milenios la Antártida Argentina que la empresa YPF (con la colaboración de capitales británicos) emprendió la extracción de hidrocarburos de la Base Belgrano II, actividad que, durante años, reportó millonarios dividendos a múltiples sectores de la economía. Precisamente por eso, nadie supo explicar cómo ni por qué, de un día para el otro, hacía por lo menos dos o tres años, las perforaciones se habían interrumpido y los pozos, sometido a un riguroso cerco sanitario que el Ejército vigilaba las veinticuatro horas. Muchos rumores corrieron sobre el misterioso motivo que obligó a YPF a desmantelar sus usinas, pero se decía que había emergido de las fauces de estos profundísimos pozos antárticos una incomprensible forma geológica ancestral, que había yacido congelada en las entrañas mismas de la

Tierra, y que gracias al deshielo y a los profundísimos abismos verticales propiciados por la extracción intensificada, tras miles de millones de años de latencia, había vuelto a emerger. Se decía que era una especie de previda, antiquísimos microorganismos primitivos y protoplasmáticos que florecieron en períodos primigenios, antes de que existiera en la Tierra lo viviente tal como lo conocemos, y que se fosilizó en estas piedras, dotándolas de inmemoriales e inexplicables prodigios.

Cuestión que, pese a las estrictas medidas sanitarias y militares con las que YPF buscó demorar la noticia de este hallazgo antártico, no pasó, soborno y guiño guiño, mucho tiempo hasta que estas enigmáticas formaciones fósiles empezaron a contrabandearse y después venderse bajo rótulos que prometían los superpoderes más extravagantes, teniendo, como era de suponer por su carácter ilegal, una álgida ruta de comercio por el Canal Interoceánico de La Pampa.

Por eso, a través de una larga y disparatada cadena de intercambios ilícitos fue que esta fosforescente piedrita primordial, dormida durante eones en las entrañas incandescentes del planeta, terminó en las manos de un pobrísimo y anónimo pibe de Victorica como era el pícaro Dulce, quien la encanutó con la ingenua travesura de quien siquiera sospecha la antigüedad (solo medible en tiempo cósmico) de la valiosa reliquia que acababa de rapiñar.

Y como decíamos, una vez que el Dulce terminó su trabajo de pasero bien entrada la noche, ya en casa, sacó la piedrecita de su bolsillo.

El guijarro cósmico lanzaba unos destellos verdes y violetas que casi encegueclan y temblaba. Sin duda, pensó el Dulce, era una zarpada piedrita, única en su género, y sacaría unos buenos pesos por ella. La miró con travesura y, vigilando que nadie lo viera, la escondió debajo de su

catre. Se acostó y, casi de manera inmediata, cayó, por el rigor del día, muerto de sueño.
Pero fue durante la madrugada cuando arreciaron los temblores. El precario chalet de chapa y ladrillo hueco donde vivía con su hermano mayor y su madre (el Dulce olvidó aclarar a sus compañeritos de colonia que no solo no vivía con su padre, sino que contadas veces en su vida lo había visto) se estremeció en un rotundo terremoto que agrietó paredes y esparció por el piso cuanto hubiera en mesas y estantes. Se escucharon vidrios rotos, ladridos de perros, y los tres despertaron a los gritos.
–¿Qué mierda fue eso? –exclamaron a desesperado coro. Miraron por la ventana y hasta salieron a la calle a inspeccionar las otras casas, pero el barrio entero permanecía hermético en el imperturbado dormir sin sueño de los proletarios. Tras no encontrar en ninguna parte explicaciones al sobrenatural aunque breve temblor, volvieron a sus catres e, instantáneamente, se durmieron. Menos el Dulce, que no pegó un ojo. No por deseo propio, claro está, sino porque una inesperada voz, que llegaba como desde las profundidades cavernosas de la Tierra, se había apoderado de su mente y le decía:
–¿Quieres que hablemos de La Gran Anarca? –escuchó, en su propia cabeza, como si él mismo se lo preguntara, pese a ignorar por completo el sentido de las palabras que acababa de enunciar–. ¿Quieres que hablemos de La Gran Anarca? –repitió, en bucle, la voz de su mente.
–Gran Anarca..., qué mierda es eso... –se dijo, casi como una queja o un lamento, mientras se tapaba las orejas y se cubría con las sábanas hasta la cabeza y rogaba conciliar el sueño. Pero solo obtuvo, de respuesta, la misma pregunta:

–¿Quieres que hablemos de La Gran Anarca? Como si ya dedujera de la acumulación de fenómenos sobrenaturales (sismo circunscrito de manera exclusiva a la casa donde vivían, inauditas voces mentales) un sospechoso patrón que coincidía con el reciente hurto, se levantó, intempestivo, aunque procurando no despertar a su familia, y allí, debajo del catre, la encontró: brillante, fluorescente, la viscosa piedrita, que emanaba un inmundo y pegajoso licor que encharcaba todo el suelo. Hundió los pies en la gelatinosa excrecencia y levantó la piedra. A pocos centímetros de su cara, el Dulce pudo examinarla con el mayor de los detalles: vibrante, venosa, y de cambiantes y fluorescentes verdores. Pero su aspecto, aunque curioso, no fue en efecto lo siniestro, sino lo que la piedrita provocó después: ¿cómo explicar el horror cósmico que se apoderó del pobre niño al escuchar, como si los razonara él mismo, los pensamientos de una prehistórica inteligencia primordial, emergencia caótica de impersonales secretos terribles y primitivos del tiempo primero de la Tierra, que la compacta materia fósil había preservado intacta durante millones y millones de años y que por primera vez, tras incontables eras de latencia en las entrañas terrestres, se verbalizaba en la mente de un pobre niño de Victorica?

El cerebro del Dulce, por unos segundos, se encendió con una lucidez meridiana que no había experimentado ni experimentaría jamás. Escuchó prehistóricas ideas cósmicas que ningún cerebro humano había nunca escuchado. Era nada menos que la sabiduría de la primera infancia del mundo. Escuchó la cavernosa voz primitiva de organismos que nacieron y murieron antes siquiera de que la humanidad ni nada de lo propiamente vivo existiera, y que sin duda la evolución había descartado por considerar aberrante o prohibido. Era (tal vez) un virus ancestral o el arcano de un tiempo primigenio y espantoso que amenazaba con regresar, cuando hace impenetrables corazas de eras y de tiempos la anarquía y el caos florecían, y reinaba el desconcierto sin forma, y todas las cosas (lo vivo y lo no vivo, el ser y el no ser) eran una sola: La Gran Anarca. Sintió un mareo intensísimo que solo, nuevamente, la funesta frase interrumpió:

–¿Quieres que hablemos de La Gran Anarca?

–¡Ni en pedo! –respondió, todavía temblando y desencajado del éxtasis. No daba poca impresión ver las verdades más terribles y secretas de la Tierra encarnadas en un pobre niñito de doce años. Pero el Dulce, estoico, mientras abría desesperado primero el ventanal y después el mosquitero, pese a las convulsiones que lo habían sumido en una especie de sismo nervioso, agarró bien fuerte la piedrita y, con todas sus fuerzas, la arrojó hacia afuera, lo más lejos que pudo.

El guijarro fluorescente voló unos instantes por los aires y cayó en un basural abandonado frente a su casa, donde bullían todo tipo de alimañas horripilantes.

Los temblores y las voces, abruptamente, cesaron.

El pobre niño volvió, aún agotado y conmocionado, a su catre. Al tocar las sábanas se mortificó al comprobar que se había hecho pis encima, y rogó, entre lágrimas, como si todo fuera producto de un cruel karma, que ni su hermano ni su mamá se enteraran, ya que no quería sufrir más consecuencias por el robo de la piedrita. Pero pese al estrés y los nervios, por el cansancio que su cuerpo acumulaba, cerró los ojos húmedos de lágrimas y, a los pocos minutos, como quien no quiere la cosa, se durmió.

El día siguiente amaneció con un sol ardiente y sofocante que auguraba un típico y espléndido domingo en el

Caribe Pampeano. Los insectos zumbaban, un espeso caldo envolvía todo, y no se oía el menor rumor en la calle. Pero con el miedo instintivo del animal que aguarda a su predador, el Dulce se levantó alerta, temiendo un nuevo sismo, o la irrupción de cavernosas y horrendas voces de tiempos primitivos. ¿Volverían la piedrita y sus infernales preguntas a vengarse desde el basural?

Pasaron, sin embargo, las horas de ese hermoso día y de los subsiguientes y no se sintieron (afortunadamente para él) más temblores ni cavernosas ni primigenias ideas que, por suerte, con el transcurrir de los meses, el Dulce logró olvidar, o al menos confundir con un incomprensible y lejano sueño.

Hasta que un buen día, después de fin de semana tras fin de semana de trabajar como pasero sin cobrar un céntimo, el hermano llegó a la casa cargando un paquete y, con sonrisa cómplice, se lo entregó.

La cara del Dulce, en general un niño acostumbrado por los prematuros golpes de la vida a ser altivo y arisco, se contrajo en un gesto tan inusual en él que todos tardaron un rato en entender qué le pasaba, y pensaron que tal vez se había cagado encima o pisado un clavo y ocultaba muy penosamente el dolor. Pero era una sonrisa. Una sonrisa, en efecto, ¡una sonrisa! Esas contagiosas muecas de felicidad que solo la cándida ingenuidad infantil puede desplegar en momentos de intensísimo asombro y alegría. El Dulce, por vez primera, estaba feliz. Despedazó el paquete y, al ver que adentro había una consola, gritó de emoción:

—Pero si es una Pampatro...

PAMPATONE

Permaneció en silencio unos instantes mientras leía y releía incrédulo la etiqueta, hasta que no pudo ocultar la indignación:

—¡La falsificación china! ¡Una Pampatone!

No era, en efecto, la Pampatronics, sino su versión fraudulenta, la pedorra, la que traficaban por el Canal y que vendían en la feria del barrio a menos de un octavo del precio de la original. Quiso llorar y putear. Pero bajo la reprobatoria mirada de su hermano, que no hubiera tolerado infantiles mohínes, masticó la bronca por dentro. Temeroso de que lo cagaran a bifes por ingrato o insolente, le dio al hermano las gracias como quien da un pésame (porque si algo motorizaba su deseo y las horas de sus días era la expectativa de recibir la original, la Pampatronics) y procedió a abrir la caja y a conectar la consola.

El casco, a diferencia del original, se sentía incómodo y áspero, y no emitía luces ni sonidos cuando se conectaba. Lo prendió, e inmediatamente se sumió en la rigurosa magia del juego, la versión falsificada de *Cristianos vs. Indios*, que recreaba las guerras del siglo XIX por el control de la llanura argentina. Los juegos de la Pampatone, como decíamos, eran idénticos a los de la Pampatronics, solo que con gráficos más rústicos y una velocidad de conexión lentísima.

Naturalmente, el Dulce eligió «Indio», ya que si algo lo entusiasmaba era correr en bolas y golpear gente. Apareció de pronto en una vasta planicie de yuyos y matorrales e inmediatamente lo impactó la abundancia dilatada de tierra vacía que se perdía en el horizonte, en unas dimensiones que jamás había visto ni imaginado. Saltó la Intro explicativa, pero rápidamente entendió que, como en esa época el Ejército Argentino usaba unos fusiles a chispa de un solo disparo, si divisaba una humareda en la cercanía era porque el Cristiano estaba recargando su instrumento y, por tanto, se hallaba inerme e indefenso. Vio una nube negra a pocos metros y cabalgó con todas sus fuerzas en esa dirección, pero mientras se acercaba entendió que estaba entrando a un pueblo. Era pequeño y pintoresco y se prendía en llamas. Estaba protagonizando un malón. Se cebó imaginando todo lo que robaría. Entró a una pulpería ya abandonada por sus dueños y clientes: tras el mostrador había colgadas patas de jamón, en los estantes hormas de queso, garrafas de vino, ¡chocolate! Casi pierde un diente al morder la dura pata que colgaba y que bajó de un trago de tinto. Guardó todo lo que pudo en la montura del caballo, se cargó la pata de cerdo a su espalda y prendió fuego al lugar. Era divertido quemar cosas y ver cómo la llama las suprimía lentamente. Y el olor dulce de la carne quemada. Y el humo denso y negro. Entró a una casa, donde lo esperaba una familia indefensa a la que cagó a palos con la pata de jamón. Los maniató, mientras escuchaba al implorante padre de familia que suplicaba:

–No nos mate, se lo ruego, no nos mate...

El Dulce se mató de risa frente a estos patéticos gimoteos, que apagó reventando de un batazo el cráneo del desgraciado con la rígida pata. Después, prendió fuego a todo y se marchó. Durante la cabalgata, sintió el frío hierro de la faca en su cintura e imaginó que si se encontraba a algún nuevo moribundo le arrancaría los huevos y, entre aullidos desahuciados, se los metería en la boca de bozal. Después lo degollaría y usaría su cabeza para patear unos penales. En una extraña intuición, imaginó que si encontraba la iglesia del pueblo, agarraría algún crucifijo bien grande y metálico, y le rompería el orto al cura a crucifijazos (de manera semejante a como su padre hacía con los pollos). Poseído por el entusiasmo lúdico de esta posibilidad, se abalanzó a todo galope hacia la plaza principal (donde se encontraba la respectiva iglesia), pero, intempestivamente, la imagen se congeló. Movió su cuerpo en todas direcciones, pero el personaje seguía sin responder. En efecto, la consola acababa de mostrar su primer defecto de fábrica, y el Dulce no pudo contener su grito rabioso:

—¡Pampatone de mierda!

Cuando la conexión volvió, su personaje yacía muerto, vapuleado por el plomo cristiano. De manera que reinició la partida con un nuevo personaje (de vuelta «Indio»), y allí se entregó el Dulce al furor simétrico del videojuego, cuya más o menos torpe ambientación del planeta antes de ser transformado por el deshielo masivo de la Antártida no es tema de esta historia, sino su breve aventura con la piedra telepática, piedrita que enunció las verdades más terribles de la impersonal anarquía primigenia, y que el Dulce habría contado a sus compañeritos de la colonia si el pico de la niña dengue no lo hubiera ajusticiado, abriendo en un racimo celeste sus tripas y la sangre a chorrazos.

RENÉ

René se agazapa entre los pajonales a la espera del malón, y cuando aparece, envalentonado, uno a caballo, aprieta puntual el gatillo. El plomo impacta justo entre los ojos del Indio, quien cae hacia atrás, aunque su caballo, atizado por el estruendo, prosigue aterrado el galope.

¡Le diste en la cabeza! ¡Ganaste 1000 puntos!

Pero no hay tiempo de comprobar cómo la cabeza se abrió al medio y derrama lentos y humeantes riachos de sangre que se ramifican por la excesiva llanura. No hay tiempo: René tiene que recargar el fusil, inmediatamente tiene que huir, ya que estas escopetas a chispa solo cuentan con un tiro y la negra nube del disparo parece haber alertado a otros ranqueles de su escondite. Otro Indio, de hecho, ya identificó su posición y se le viene al humo. René tira para atrás el martillo y levanta el rastrillo, donde coloca un poco de pólvora y después otro poco más por el cañón y finalmente la bala, que inserta con la baqueta y vuelve a disparar:

¡Le diste en el pecho! ¡500 puntos!

René calcula que ya llevan cinco horas resistiendo el embate del malón sobre el pueblo, y que no debe faltar mucho para que salga el sol, cuando de pronto la interrumpen gemidos de queja y agonía: no sabe cómo, pero el Indio con el pecho agujereado chilla y resopla, y sus gritos alertarán al resto del malón. No hay tiempo de recargar el rifle. René se levanta a los tumbos entre la maleza para reventarle la cabeza con la culata, y le llega a estampar un escopetazo en la boca que le desgrana dos o tres dientes cuando de pronto la niñera René, la chocolatada está lista, René, la chocolatada, que la sacude y con voz dulce insiste y la arranca de su ensañada matanza. En menos de un segundo, René es desterrada de la guerra de frontera del siglo XIX, de la descomunal planicie vertiginosa, y regresa al año 2272, al Caribe Pampeano, como bien puede verificar por el enorme ventanal de su pieza que, desde el piso 367, convida la magnífica vista del mar esmeraldino de Santa Rosa y la arena blanca y suavísima y las otras islas y los barquitos que avanzan, como puntitos, a lo lejos.

Apenas se saca el casco, René repasa rápidamente la tabla de posiciones:

9. Fu3g1a B@sk3t	46145 puntos
10. TiTo LiViO	46035 puntos
11. René Racedo	45925 puntos
12. Joe...2262	45876 puntos
13. Fefi Fdez	44981 puntos

¡Niñera del orto!
Si no la hubiera interrumpido con el desayuno, le ha-

bría destrozado la jeta al Indio, y ganado así los diez puntos que faltaban para superar a TiTo LiVi0.

Niñera del orto.

Pero cuando se voltea descubre que la que le trae el desayuno no es la niñera, sino su madre. La niñera está demorada, le avisa, la estamos esperando.

Sin dar las gracias, René recibe de mala gana la bandeja que su madre le extiende, y le da unos pocos sorbos a la chocolatada antes de proseguir con el juego, calcula, por dos o tres horas más hasta la cena.

Para René, no hay momento más placentero y esperado como la llegada del fin de semana. El viernes, al caer la tarde, sus padres se marchan a la casa de campo en Nuevo Cariló, y la dejan con la niñera hasta el domingo por la noche. Así, sin nadie que la controle y liberada de las soporíferas obligaciones de la escuela, puede consagrarse en tiempo y forma a su mayor divertimento: *Cristianos vs. Indios*, uno de los más populares juegos de la Pampatronics.

Pero resulta que la pelotuda de la niñera no vino, y se va a clavar quién sabe cuánto más tiempo con sus padres, a quienes desprecia con toda su alma.

René, desde que llegó a Santa Rosa, se transformó en una niña hosca y ermitaña y, a sus doce años recién cumplidos, piensa con el lapidario tremendismo que a veces caracteriza a las niñas de su edad que jamás podrá adaptarse a la vida de este pueblo playero con vanas pretensiones de urbe cosmopolita. Ella nació en Base Marambio, la refundación de la Capital Federal en la Antártida tras el hundimiento definitivo de Buenos Aires, y vivió ahí hasta los diez años, cuando su padre, Nano Racedo, un importante agente de virofinanzas, fue relocalizado por la empresa para la que trabajaba en el Caribe Pampeano. El padre le explicó una y mil veces su trabajo, y por qué, pese a la terca negativa de la niña, era menester que se mudaran de Base Marambio a Santa Rosa. Básicamente, Nano Racedo se dedicaba a identificar virus desconocidos y a tasar su potencial financiero. Trabajaba en Influenza Financial Services (filial del conglomerado AIS), una importante empresa de servicios para grandes inversionistas que calculaba la probabilidad del advenimiento de nuevas pandemias y monetizaba sus efectos a través de distintos instrumentos y paquetes accionarios. Según le explicó a René, con la deforestación total del Amazonas y de las florestas de China y África, todos los años irrumpían, transportados por animales e insectos salvajes que habían perdido su hábitat, cientos de miles de virus de los que se carecía de registro. Inoculados en granjas hacinadas de pollos, cerdos y otros animales de ganado industrial, estos agentes infecciosos mutaban y despachaban nuevas pandemias zoonóticas, que rápidamente fueron transformadas por la Bolsa de Valores de La Pampa en valiosísimo motivo de especulación. La empresa en la que trabajaba su padre había tenido la destreza de producir el ya célebre IVF (Indicador Virus Financiero), un índice que, digitado por monumentales computadoras cuánticas, no solo era capaz de determinar con un 99,99 % de efectividad cuál de estos virus desataría una nueva pandemia, sino que reunía las acciones de las empresas que se favorecerían por los efectos de estas y las ofrecía al mercado en paquetes que se cotizaban y vendían como pan caliente. Este fecundo mecanismo permitió que, pese a las pérdidas que causaba en otros sectores de la economía, muchos especuladores pudieran canalizar sus volúmenes monetarios al éxito de las enfermedades en desencadenar pandemias, convirtiendo así los virus en activos que generaban riquezas descomunales en el mundo de las finanzas, ya que todos los años cientos de nuevas enfermedades zoonóticas salían al mercado, apadrinadas por compañías que monetizaban sus efectos a través de estos instrumentos. Así, fondos de inversión como Influenza Financial Services o, su mayor competencia, Ébola Holding Bank fueron los más beneficiados por este fenómeno, con rendimientos bursátiles extraordinarios, que abrieron paso a una época de oro para las virofinanzas, de las que prácticamente toda la economía pasó a depender. Y, como era de esperar, Nano Racedo, gerente virofinanciero de dicha empresa, percibía sumas millonarias por su brillante gestión de estos paquetes. Vivía en un espectacular loft en el Puerto Madero Antártico junto a su esposa, que en esa época era ejecutiva de marketing del Gran Crucero del Invierno. Allí nació René, que recuerda con ensoñada nostalgia su infancia de pompa y esplendor en «la Base» (como, de manera cariñosa, llamaban a Base Marambio): las salidas al teatro o al museo con sus amiguitas por Avenida Nueva Corrientes, los paseos por las angostas callecitas adoquinadas de Nuevo Palermo, donde tomaban meriendas ridículamente caras y con menús inexplicablemente escritos en inglés, y los domingos, las tardes enteras de paseo por el Jardín Japonés Antártico, los impresionantes lagos y sus puentecitos en arco bajo los jacarandás de flores violetas, que aunque la canción entonaba celestes, su memoria furiosa recordaba de un púrpura mutante, casi incandescente...

Ahora, en la monótona metrópoli de playas y rascacielos y el sol ardiente y desmesurado que era Santa Rosa, esos recuerdos parecían menos que un sueño, pero uno vívido y tremendo, que sumía a René en angustiosas noches en vela y furibundos rencores contra quien le había causado semejante pérdida irreparable, nada menos que su padre.

Nano Racedo intentaba remarla como podía para amortiguar las caprichosas furias de su hija. Según le explicaba, no le había quedado otra opción que la mudanza, si no era a riesgo de perder el trabajo que daba comida y sustento a toda la familia. La empresa, de un día para el otro, le había exigido que se trasladara a Santa Rosa. La razón, de carácter de urgencia, era pesquisar el rastro de una presunta mutación del virus del dengue, que se estaría gestando en un caldo horrendo de mosquitos mutantes en el Canal Interoceánico de La Pampa, y que, de ser identificado y monetizado a tiempo (es decir, antes de que lo hiciera Ébola Holding Bank), reportaría un alza millonaria para la empresa.

Además, agregaba el padre, ¡con lo divertido y gratificante que es vivir al lado del mar!

El Caribe Pampeano, y encima en una playa exclusiva para el complejo de rascacielos donde vivían, ofrecía tantos divertimentos, como surfear, andar en jet ski, lancha, o simplemente tomar un hermoso baño de sol mojando los pies en la cálida y transparente agua...

Pero, para René, estas razones eran inconsistentes patrañas, que no hacían sino dar luz a que su padre era un egoísta imperdonable, un megalómano despreciable que había sacrificado la felicidad y bienestar de ella y de su madre por la ambiciónególatra de ganar todavía más guita de la que ya tenía y seguir escalando posiciones en su empresa. La madre, de hecho, debido a la mudanza, tuvo que abandonar su trabajo en Base Marambio, ya que no podía cursarlo a distancia, sin otra alternativa que consagrarse tiempo completo a su rol de esposa y ama de casa.

Para René, con la arrogancia que a veces caracterizaba a los capitalinos de la Base, Santa Rosa era un pueblo de mala muerte, un infecto balneario de provincias. Se reía sin ningún tipo de prurito en la cara de quien se atreviera a llamar a ese pueblucho de morondanga una «ciudad». Es que, edificada vertiginosamente al ritmo del boom turístico y financiero del que gozaba la región tras el deshielo, Santa Rosa era un entretejido torpe de autopistas que se enroscaban y extendían sin ninguna virtud ni gracia a lo largo y lo ancho del mar pampeano. Pero más allá de esta infraestructura al servicio del turismo, fuera de las playas perfectamente terraformadas por los más destacados geoingenieros, el Caribe Pampeano era un inmundo lodazal putrefacto que aún sentía el impacto de todo el veneno que acumulaba por siglos de pesticidas y monocultivo intensificado. René y sus padres, como casi cualquier familia pudiente, vivían en un barrio privado, completamente desconectado de las regiones contaminadas y del ruidoso enjambre de autos y carreteras. Y aunque este barrio era uno de los más exclusivos y mejor ubicados de la ciudad, cualquier actividad que no fuera ir a la playa quedaba a largas horas en auto, y la independencia que había ganado René en Base Marambio, viajando en subte con sus amigas, se perdía y la hacía de vuelta sentirse una nena tonta que dependía de sus papás, ya que Santa Rosa carecía de un abigarrado centro urbano como la Base, y todo se extendía por el indefinido y caluroso desierto de sus monótonas autopistas.

Por otro lado, siendo angloparlante (ya que en la mayoría de las colonias inglesas de la Antártida el idioma oficial era el inglés), otra razón para aborrecer Santa Rosa era el idioma. Si bien René había empezado a aprender español en la Base, apenas contaba con un conocimiento elemental y acartonado que, aunque bastaba para hacerse entender y cumplir con las exigencias escolares, carecía de la espontaneidad y la fluidez de la jerga infantil que compartían los otros chicos, a quienes, encima, por inseguridad o arrogancia, consideraba unos pueblerinos de poca monta, y no se interesaba en conocerlos ni forjar una amistad. El ambiente hogareño tampoco favorecía la adaptación a la nueva ciudad: su padre, que trabajaba frenéticamente todo el día, ni registraba las necesidades de su hija, y cuando la reencontraba, bien entrada la noche, estaba demasiado ocupado peleándose con su madre o terminando trabajo atrasado. Así, el «chupete electrónico», como llamaban en su casa a la Pampatronics, fue la única actividad que encontró René para entretener sus horas y sus días.

Cuando René volvió a conectarse al juego, ya era de día, y el malón había terminado. Malhumorada porque había perdido la oportunidad de seguir matando Indios y ganar de esa manera más puntos, se fue a toda prisa a abrir su carnicería, ya que era el día en que le traían los chinchulines y las mollejas. René, que en el juego era unu elfo de cincuenta años,[1] había elegido el oficio de pescadoru, sin saber que en esa época La Pampa carecía de salida al mar. ¡Si se habrá decepcionado, recorriendo horas y horas el mapa con el anzuelo y las lombrices, buscando un puerto para pescar aunque sea unas mojarritas! Pero en esa época, para su asombro, unu pescadoru en La Pampa hubiera sido más inútil que un duende sin hechizos o un orco sin su pesado garrote, y ni rastros había en La Pampa del videojuego de las espectaculares playas que siglos después inundarían aquellas infinitas y solitarias planicies. Así que, como los pescadores comenzaban con algún conocimiento del uso de cuchillos, René había decidido volverse matari-

---

1. La versión original de *Cristianos vs. Indios*, cabe aclarar, traía agregados especiales, como poder ser elfo, orco, gárgola o duende. Lus elfos, por su parte, no eran masculinos ni femeninos, sino que contaban con un género propio, que se identificaba gramaticalmente con la desinencia «-u».

fe, y abrir su propia carnicería en el pequeño y desolado pueblo de fronteras donde había nacido. Pero la carnicería que había concebido René no era como cualquiera de las que abarrotaban el ordinario y ventoso pueblucho en el que pasaba sus días. Tras un tiempo jugando *Cristianos vs. Indios*, René había descubierto que todos los mataderos en el juego, no importaba el pueblo o la ciudad, siempre, al faenar las vacas, conservaban solo la carne y tiraban el resto a la basura, es decir, las preciadas vísceras, desperdiciando kilos y kilos de una potencial mercadería (chinchulines, tripa gorda, molleja, seso, riñón y mondongo, entre otros valiosos órganos y cartílagos) que, debidamente enaltecidos con apropiadas estrategias de marketing, hubieran logrado facturar millones. ¡Con lo deliciosos que eran unos crocantes chinchulines, rectificados con un chorrito de limón! Y práctico, además, porque, a diferencia de los cortes injustamente más populares, como el costillar o el vacío, no había que aguardar largas y penosas horas al lado de la parrilla, dado que las achuras se hacían prestas, vuelta y vuelta, optimizando el tiempo de descanso y disfrute del asador, sin contar sus incalculables beneficios para la salud, ya que el chinchulín aportaba vitaminas A, B y D, además de ser rico en minerales como hierro, fósforo, potasio, zinc, e incluso selenio y omega 4... No obstante, por la formidable ignorancia de la gente, los matarifes terminaban rifando estos preciosos cortes a los Indios, quienes iban a los mataderos a mendigarlos, y que justamente los habían bautizado como «achuras» porque en quechua, la lengua de los bárbaros, dicha palabra significa «compartir». Y justamente, si tan poca reputación y demanda tenían estas vísceras, era por estar asociadas a la zafia dieta del Indio. Una gran injusticia gastronómica que, René especulaba, se repararía cuando la Campaña del Desierto por fin exterminara a todos los infames aborígenes y, rápidamente, la absurda conexión de estos manjares con el vulgar paladar indígena se disolviera, como todo lo sólido, en el aire.

Así, «Achuras René», como se llamaba su negocio, sin señal de competencia en todo el universo de *Cristianos vs. Indios*, y con las adecuadas estrategias de marketing y *branding*, transformaría las achuras en el más codiciado manjar, una refinada exquisitez saboreada por los más exclusivos estancieros del videojuego, y que harían de René unu elfo millonariu, lu más ricu de toda la pampa. Ya se le habían ocurrido, de hecho, algunos *tips* que incluiría en el envase de los productos, como tiernizar el mondongo en leche antes de asar, o algunas recetas: chinchulín al roquefort, riñón a los cuatro quesos, molleja al vino tinto, ravioles de seso...

A estas ideas y elucubraciones, como decíamos, se entregaba, mientras fraccionaba y empaquetaba las tripas que la carreta había dejado en el mostrador del matadero, cuando, de pronto, lu interrumpieron gritos:

—¡Un malón!

—¡Malón a la vista!

—¡Se acercan los Indios!

Los Indios, de vuelta, asediaban el pueblo.

Con las manos aún pringosas de sangre, René agarró la escopeta y montó su caballo. Atizó al animal y, tras alejarse rápidamente de la zona urbana, se entregó a la desierta y silenciosa pampa, cuyo sol cedía y empezaba a dar señales ya de un nuevo atardecer. No muy lejos, detrás de una arbolada, vio unas espesas ráfagas de humo que se perdían en caprichosos trinos, y creyó escuchar algún murmullo. Bajó del caballo y se acercó furtivamente, cabizbaju, sin hacer ruido, hasta que, afinando la vista, allí los vio: entre los árboles, un grupo de Indios preparaba un fuego. Estaban asando unas achuras.

¡Indios del orto!

Se notaba que estos Indios, en la jerga del juego, eran «peluches», es decir, jugadores principiantes, ya que nadie en su sano juicio detiene la embestida de un malón porque sí, y mucho menos para hacer un asado, cuyos humos y olores delatan fácilmente la posición del jugador en el mapa. Pero a los muy ineptos los había perdido la gula de brasearse unos buenos chinchulines o tal vez unas mollejas (desde esa distancia, no se llegaba a apreciar bien), que habrían mangueado en alguna de las carnicerías que le hacía la competencia a Achuras René y que, en vez de vender las vísceras vacunas, como ellu pretendía, las regalaban.

¡Indios del orto!

Parados, ahí, haciendo el asado como si nada, eran carne de cañón, peluches entrando al matadero. Apuntó la mirilla y apoyó su dedo embadurnado de grasa y sangre en el gatillo. Sin embargo, pese a tenerlos ya entre ceja y ceja, un inesperado morbo o inexplicable curiosidad lu contuvo de disparar y, mientras apuntaba, prefirió esperar primero a que comieran, a ver cómo se deleitaban y gozaban engullendo su asado.

Los muy bestias, con el pelo largo y el pecho desnudo, extirpaban directamente con las manos de acá y allá unos bofes sangrientos de la carcasa podrida. En evidente estado de trance, se sobaban por el cuerpo esa linfa vacuna, mientras bailoteaban torpemente y reían, y la sangre negra que se derramaba por el suelo, que formaba un inmundo lodo mientras colocaban los órganos en la parrilla, la lamían directamente del suelo y se la chupeteaban de los dedos.

Parecían embriagarse, estos Indios, con el néctar que lamían y la grasa de las vísceras chamuscándose, salpicando y perfumando sus cuerpos, hasta que, cuando las gordas tripas se ennegrecían lo suficiente, así nomás, sin pan ni tenedor, las sacaban directamente del fuego, a mano limpia, quemándose los dedos y después la lengua, sorbiendo el chinchulín cual espagueti de grasa, masticando apresuradamente con la boca abierta y escupiendo las partes más quemadas.

René sintió un odio profundo, y la impotencia de verlos comer como salvajes la preciosa mercadería que habían conseguido gratis, y que ellu quería usufructuar, lu irritó aún más. Eran un asco.

¡Indios del orto!

Ahí estaban, cagándose, frente a sus propios ojos, en ellu, en su negocio, convirtiendo su refinada y singular mercadería en caviar para las bestias.

¡Indios del orto!

No le quedaba otra opción que exterminarlos. Se acomodó entre los cardos secos de aquellas vastas soledades y, aprovechando que los agarraba indefensos, degustando su golosina cárnica, empezó a gatillar.

Disparó:
¡Le diste en la pierna! ¡400 puntos!
Disparó:
¡En el medio de los ojos! ¡900 puntos!
Disparó:
¡Le volaste la nariz! ¡680 puntos!
Disparó:
¡Se alojó en el intestino! ¡140 puntos!
Disparó:
¡En la arteria carótida! ¡630 puntos!
Disparó:
¡Le perforaste un pulmón! ¡522 puntos!
Disparó:
¡En el hígado! ¡378 puntos!

Ya había liquidado a tres, y montó a caballo para perseguir a los que escapaban. Mientras tanto, un cartel le anunció el ascenso en la tabla de posiciones:

```
 7. DuendeCriollo...3000      5047 puntos
 8. DruidaGu@r@ní             49678 puntos
 9. René Racedo               49575 puntos
10. Fu3g1a B@sk3t             47308 puntos
11. Joe...2262                47243 puntos
12. TiTo LiViO                46970 puntos
```

¡Había escalado hasta la novena posición! ¡3650 puntos en menos de un minuto!

Con la motivación que lu proporcionaba esta nueva proeza, persiguió aún más rápido a los Indios que escapaban, y tan ensañadu estaba con la matanza y la suba en el ranking, que en ningún momento reparó, afuera del videojuego, en los gritos y las quejas de su padre, que parecía poseído por un furibundo arrebato de ira.

Se sacó el casco de realidad virtual a ver qué pasaba.

¡Padre del orto!

Protestaba por alguna boludez del trabajo. Al parecer, el nuevo virus del dengue, aquel que el papá había venido a identificar y monetizar, había brotado antes de tiempo, y a raíz de eso el jefe lo estaba cagando a pedos.

¡Padre del orto!

Justo en el momento de mayor importancia en el juego, cuando hacía cagar fuego a unos Indios, lu venía a interrumpir, y con semejante pavada. Se volvió a poner el casco, aunque llegó a escucharlo gritar algo sobre la niñera, que todavía no llegaba:

—¿Será que tuvo un problema con el hijo retardado? ¿Ese hijo mogólico y monstruoso que tiene?

No le prestó atención, y siguió correteando a los Indios. Se notaba que eran peluches, ya que, pese a la distancia que le habían sacado por poner el juego en pausa, en pocos minutos los volvió a alcanzar y, a pocos metros, disparó:

¡Le volaste la tapa de los sesos! ¡700 puntos!

El Indio cayó exánime del caballo y rodó por el suelo como una bolsa de papas.

Y ahora ya lu quedaba uno solo por matar, al que siguió corriendo y apuntó, cuando una extraña presencia en su cabeza, no en la de elfo, sino la otra, una pesada incomodidad que zumbaba y no terminaba de descifrar qué era, lu perturbó. Hubo más gritos, pero ya no alcanzó a entender si eran de los Indios o si venían de afuera del juego. De cualquier manera, fuera lo que fuese, no se podía volver a desconectar, no podía dejar escapar a esa última presa, ya que la tenía ahí, a pocos metros, con la mirilla marcando su cabeza, y entonces colocó con firmeza su dedo pringoso de sangre y grasa en el gatillo para disparar.

Y disparó.

LA NIÑA DENGUE

Cuando la niña dengue llegó al Distrito Financiero de Santa Rosa, se sintió abrumada por la altura monumental de los rascacielos y el ir y venir frenético de los oficinistas hacia la nada misma. Claro, es que durante su breve y pueril vida, la niña dengue no había conocido más que la casilla de chapa en la que vivía con su madre, y la precaria construcción de ladrillo hueco de la escuela a la que asistía diariamente. Hasta ese momento, la vorágine de la gran urbe, sus luces estroboscópicas y el fastuoso lujo de hoteles y edificios gigantescos le habían estado vedados. Pensó en qué humillada se sentiría su madre al contrastar el mortecino rancho en que vivían con la opulencia de esa rica ciudad.

Fue en ese instante cuando recordó a qué había venido.

Levantó vuelo y se presentó en la mismísima puerta del imponente y emblemático edificio de la Bolsa de Valores de La Pampa, infinita torre de cristal que anunciaba en su cúpula los índices bursátiles de las corporaciones más respetadas y mejor cotizadas de la llanura argentina. Era en esta prestigiosa institución financiera donde su madre trabajaba durante la semana, limpiando el meo y la bosta de oficinistas y corredores que, abstraídos en la especulación numérica de acciones y activos, ni enterados estaban de su miserable existencia.

De pronto, sobrevolando el lobby de esta magna torre, tapizado de enormes pantallas hasta el techo que anunciaban en cascada interminables torrentes de dígitos y porcentajes, la niña dengue entendió por qué su madre le explicaba que las personas que allí trabajaban se llamaban *corredores*. Estos bien presentables hombres, trajeados y frenéticos, sin dejar nunca de mirar las pantallas que empapelaban la sala, corrían de acá para allá disparados en todas las direcciones, sin ningún propósito ni fin, como partículas de un gas brotando de manera enloquecida o vacas atropellándose entre sí antes de ingresar al matadero, pero lo más peculiar de todo, pensaba la niña, eran sus caras: mientras contemplaban el espectáculo desquiciado de los guarismos fluyendo y que para la niña dengue eran chino básico, los rostros de los corredores, como si un sistema de nodos transmitiera electricidad en sus músculos al ritmo furioso de las cambiantes cotizaciones, se contraían y dilataban en muecas indescifrables, tan grotescas que no le permitían a la niña dengue entender si eran de espanto o de goce, como si sucumbieran en un pantanoso fango macabro de supremo horror y frenesí, y que violentamente le evocaron las carcajadas truculentas de sus compañeritos cuando la burlaban en el comedor de la escuela:

–Che, niño dengue, ¿tu mamá sabe coser? –le preguntaba uno, mirando cómplice a los otros diez o doce que se apiñaban a la mesa apenas él (en ese entonces niño) se sentaba a degustar su insípido plato de guiso en el comedor de la escuela. Vale aclarar que el (en ese entonces niño) dengue, por su desproporcionado y horrendo torso del que brotaban como un vómito las alas, jamás encontraba guardapolvo acorde a su peculiar anatomía, de manera que la única manera de obtener el vestuario escolar reglamentario era con un sastre que se lo confeccionaba a medida. Pero este servicio (de más está aclarar) era tan costoso que a la madre solo le alcanzaba para un único guardapolvo por año, guardapolvo que la pobre pagaba en asfixiantes cuotas durante largos meses, y así el guardapolvo, especialmente diseñado para su revulsiva fisonomía, era el único atuendo que el (en ese entonces) niño usaba invariablemente de lunes a viernes, fecha esta última, ya por la tarde, en que lo entregaba prolijamente doblado a su madre para que lo lavara, perfumara y planchara. Pero pese a que ambos, la madre y el (en ese entonces) niño cuidaban el uniforme como el más preciado bien compartido, inevitablemente, con el paso de los meses, las fibras del guardapolvo se hacían eco del desgaste y de la irremediable corrupción de la materia. Y quién sabe por qué, si por la altura del año (esto fue en noviembre, poco antes de los hechos ahora narrados), si porque acababa de llegar de su clase de educación física, o tal vez por el singular ángulo con que la macilenta luz blanquecina de las lamparitas del comedor impactaba en su cuerpo, ¡quién sabe!, ese día el guardapolvo del niño dengue lucía particularmente harapiento y deshilachado. De la tela, amarilleada, brotaban lamparones en una amplia paleta del marrón y del verde, pero era en particular en las mangas y los bolsillos donde sobresalían ya inocultables las huellas de la erosión, esa especie de telarañas con bolitas que brotan de la tela por exceso de frotamiento con jabón o detergente. Pero lo más infame (después de todo, hasta acá, el guardapolvo era como el de cualquiera de los otros miserables chicos) eran los agujeros, como si un yacimiento de petróleo hubiera en su espalda y un ejército de máquinas no hubiera dejado ni un pozo que perforar, o como si, en una venganza gremial de especies, un escuadrón de polillas hambrientas (más hambrientas que los niños comiendo guiso) se hubiera ensañado hasta con la última fibra del sabroso uniforme, convirtiendo el atuendo del pobre niño en un inmundo y rotoso trapo.

Cuestión que, para ese momento, la atención de todo el comedor se había imantado en el andrajoso aspecto del insecto.

—Che, niño dengue, ¿sabe o no sabe coser tu mami?

Volvía a preguntar, entre risitas, el truhán, ante el penoso silencio del (en ese entonces) niño, que sorbía entre lágrimas el desabrido guiso mientras miraba las hilachas que colgaban de sus mugrosas mangas color mierdecino y uno o dos botones saltados y, en su foro interno, masticaba una respuesta que no llegó a retrucar. Porque cuando estaba por salir de su boca una justificación, reproche o quizá coartada, el otro ya expedito lo interrumpía con el premeditado juego de palabras:

—Por tu pinta rotosa, evidentemente tu mami no sabe coser..., pero de lo que sí entiende bien es de *cojer:* ¡que le rompa bien el ojete tremendo mosco para que nazcas vos, bicho inmundo, harapiento y desagradable!

Acto seguido, como fuego avivado por un chorrazo de kerosén, el comedor entero se prendía de la risa, ¡jajajá!, ¡jajajá!, ¡jajajá!, estruendo rítmico como estallido de truenos que sumían a la niña dengue en pesadillesca nebulosa de aullidos y heridas animales y estolidez, una suprema nebulosa, sí, en la que la aritmética de risas se confundía en un único e impreciso mugido, y que a la niña dengue le impedía avivarse que ya no se encontraba en un sótano mal iluminado y maloliente de su escuela en Victorica, sino en el magno lobby de la Bolsa de Valores de La Pampa, donde los trajeados corredores coreaban a viva voz el alza desmesurada de las acciones en una inolvidable jornada a puro récord:

—¡Y sube sube sube el virus de la encefalitis paraguaya!

—¡Se va para arriba como pedo de buzo!

Y después, mirando excitado los nuevos indicadores, uno se introducía una especie de tenedor empapado con benereoTT por los orificios de la nariz, mientras jalaba ruidosamente y gritaba:

—¡Larga vida a la terminable inmunidad de la pasta!

—¡Larga vida a la magna Bolsa de Valores de La Pampa!

Lo que la niña dengue ignoraba era que, en efecto, estos corredores festejaban que el valor de las acciones de la encefalitis paraguaya se disparaba a niveles récord y jamás vistos, ya que hacía cuestión de minutos se había comprobado que este agente infeccioso, originado recientemente en Paraguay, tenía un fuerte brote en Angola, y en menor medida en Zimbabue y en Gabón, y que por eso dichos países africanos se verían en la urgente necesidad de comprar vacunas, medicamentos y otros insumos y servicios asociados a la enfermedad.

La niña dengue, aún sobrevolando desde las alturas, mientras se espabilaba de la confusión de que esta gente celebrara una enfermedad, dirigió sus omatidios hacia la enorme sala donde los corredores gritaban y reían a carcajadas. Estos especuladores se habían apiñado en el lobby a contemplar entre gritos y asombrados festejos cómo las acciones de la encefalitis paraguaya se disparaban hasta el cielo y las nubes y más allá.

—¿Se fue a ciento treinta y seis?

—¿O a doscientos?

—¡A trescientos veintiséis puntos señores! ¡Trescientos veintiséis!

Algo nunca visto, un aumento de 326 % de las cotizaciones en cuestión de segundos. El barullo era abrumador, y cada vez aparecían más personas en la sala, festejando la acelerada suba. La niña dengue, aterrada, calculó cuántos corredores habría en el lobby absortos en las pantallas, uno dos tres, cuatro cinco seis, siete ocho nueve, diez once doce, trece catorce quince dieciséis, diecisiete dieciocho diecinueve, veinte veintiuno, veintidós veintitrés veinticuatro veinticinco, veintiséis veintisiete veintiocho veintinueve, treinta treinta y uno treinta y dos, treinta y tres treinta y cuatro, treinta y cinco treinta y seis, treinta y siete treinta y ocho treinta y nueve, cuarenta, cuarenta y uno cuarenta y dos, cuarenta y tres cuarenta y cuatro, cuarenta y cinco cuarenta y seis, cuarenta y siete cuarenta y ocho, cuarenta y nueve cuarenta y, cuarenta y..., a los cincuenta perdió la cuenta y se estremeció, ya que la niña dengue no solo no había aprendido en la escuela a contar más allá de la cuarta decena, sino que, además, nunca había visto tanta gente junta en toda su vida (apenas los quince o veinte truhanes que se apiñaban en el comedor de la escuela). Sintió un pánico atroz, que al poco tiempo se confundió con el furor vengativo de una incontenible necesidad o desprecio. Estos exultantes hombres, tan elegantemente bien vestidos, sin una mácula ni rasguño en sus impecables camisas y sacos, eran los mismos que maltrataban a su vieja diariamente y que, pese a ganar obscenas sumas millonarias, la contrataban por chirolas que apenas le alcanzaban para un único miserable guardapolvo que él (en ese entonces niño) debía usar harapiento todo el año.

La niña, sí, la niña dengue, sintió una extraña fiebre que brotó de sus patas bicolores y que recorrió el abdomen verdoso hasta las gruesas antenas peludas y de pronto ya no fue dueña de sí. Frente a su afilado pico, estos extasiados corredores de Bolsa se volvieron no otra cosa sino suculentos pingajos sanguinolentos, deliciosos bocaditos de carne. Procedió a picotear. A este, sonrisa nauseabunda y cara de que manoseaba a su vieja en el baño, lo picó en los huevos; a este otro, andar altivo y arrogante y cara de que la miraría con denigrante desprecio mientras le limpiaba el inodoro, lo picó en el culo; a este otro, antipática mueca de soberbia y cara de que la invisibilizaría por completo, hablando por teléfono y tirando basura al suelo mientras ella pasaba barriendo, lo picó en la pupila de los ojos, y a este último, que le susurraría por los pasillos india mutante de mierda, lo picó en la lengua. Así, pacientemente, en los huevos, en el culo, en la pija, en los ojos, en la lengua, en las orejas, picó, ¿a cientos?, ¿a miles?, ¿a cientos de miles? Arrebatada de furor y de saña, había perdido la cuenta. La venganza, cuando arde como fuego, es incalculable, se dijo, ¿o tal vez calculable pero incontable?, se preguntó, con inesperada agudeza filosófica, mientras los corredores, abstraídos en la fiebre del brindis, aún no registraban las, al principio, imperceptibles picaduras.

Que no tardaron en surtir efecto.

De pronto, en aullido de muerte y de sangre viraron los gritos de jolgorio y alegría del lobby de la Bolsa, y los pocos que no sucumbían a la horrísona epilepsia se empujaban en estampida hacia la salida, pisoteando cabezas y huesos que crujían.

En pocos minutos, un tendal de víctimas se desparramaba por el concurridísimo lobby de la Bolsa de Valores de La Pampa, cuerpos en costosos trajes apilados como basura y contraídos en convulsivos ademanes que, como una danza bestial, casi parecían acompañar el ritmo inmutable de las pantallas que despedían números rojos o verdes según el constante vaivén de las cotizaciones que su-

bían y bajaban o bajaban y subían o bajaban y bajaban y bajaban en espiral en cascada en precipicio vértice recto un rayo:
¡pum!
¡Así fue como empezó el gran crack del 72 de la Bolsa de Valores de La Pampa!
¡Por un mosquito!
¡Una mosquita muerta!
¡Insecta monstruosa e inmunda, que introdujo una mutación del dengue sumamente contagiosa, desconocida y siniestra, que sembró pánico y terror en los humores financieros de uno de los paraísos capitalistas más florecientes de la Tierra y su órbita espacial!

La niña dengue, al contemplar la horrísona matanza que acababa de causar, no encontró palabras para enunciar la repulsión o el asombro o siquiera la felicidad que sentía, sino que apenas atinó a paladear el sabroso regusto negro que le colgaba del pico, mientras las pantallas salpicaban números idénticamente sangrientos. Una fugaz intuición cruzó sus antenitas: de ahora en más, los vehículos de expresión humana serían insuficientes para comunicar su experiencia. Bzzz, bzzzz, bzzzzzz: monótonas onomatopeyas, o apenas meros ruidos molestos, eran para la insensata humanidad el zumbido goloso de sus antenas tras el banquete de agua de espada (aguantá, Borges) que se acababa de mandar. El goce frenético que le insufló esa panzada de juguito de corredor de Bolsa, con nombres o verbos, era indescriptible, innominada sensación de plenitud que congeló su cuerpo en una zona muda y tal vez neutra y que le impidió reparar en el monstruoso caos que acababa de causar en el curso enardecido aunque calculado de oficinistas por el distrito financiero de Santa Rosa: gemidos aterrados, perplejos, de los operadores financieros, ignoramos si lamentando más el reguero de cadáveres por el suelo o el inconmovible espectáculo de los carteles anunciando cómo las cotizaciones de las más poderosas firmas derrumbaban sus valores a números jamás vistos en poco menos que segundos.

La niña dengue, ajena a esta catástrofe financiera, solo pensó en que uno de sus objetivos del día ya estaba cumplido, y se enfocó en el siguiente: la casa de Nano Racedo, donde su madre trabajaba de niñera. Registró el papelito donde tenía la dirección y, con su característico e insoportable zumbido, se dispuso a volar hacia Villa Martita, uno de los barrios más exclusivos de Santa Rosa, donde el tal Nano Racedo vivía con su esposa e hijita.

Mientras volaba, la niña dengue se impactó con el espléndido paisaje de las vertiginosas e infinitas playas santarroseñas: aquí, a diferencia de Victorica, donde la llanura inundada por el deshielo antártico había sembrado putrefactos lodazales, inmundas miasmas de barro podrido llenas de todo tipo de roedores e insectos, aquí, en cambio, la extensa planicie había sido terraformada con monumentales cargamentos de arena finísima y blanca importada de lejanos confines asiáticos, que dio a La Pampa su emblemática estampa caribeña. El agua, también procesada con tecnología punta, no apestaba, y su color, cristalino con notas turquesas y azulinas, volvía irresistible el chapuzón o el paseo en jet ski, lancha o velero. En estas enormes extensiones llanas de arena de coral que se perdían en el horizonte, pensó la niña dengue, era impresionante admirar las hileras de kilómetros y kilómetros de reposeras de variopintos colores que adornaban el celeste del agua y el marfil de la arena en un cuadro para colgar de la pared de su casa. Reposeras en las que, imaginó la niña dengue, veraneantes o bien simples santarroseños de a pie tomarían un rico y refrescante trago o juguito, reposarían en esas reposeras (de ahí, después de todo, venía su nombre) tras darse un baño o tras jugar a la pelota paleta o al frisbi o ¡quién sabe! Ella seguro que no, que apenas podía entrever estas maravillas desde el cielo y que jamás había sentido ni de cerca. Este espléndido espectáculo se extendió por los pocos kilómetros que la niña dengue voló hasta Villa Martita, barrio privado con exclusiva salida al mar, adonde llegaba a concretar su magnicidio.

Si alguna vez la niña dengue se había prefigurado la forma del paraíso, jamás se le hubiera siquiera ocurrido que las bondades y lujos de Villa Martita eran posibles. Claro, es que habiendo vivido su corta y miserable existencia en una casilla de chapa y piso de tierra, en un barrio que en vez de plazas tenía inmundos aguantaderos de autos abandonados y escombros que eran hogar de ratas y cucarachas y la única noticia del mar era el olor a inmundicia podrida que llegaba del puerto, la perfección urbanística de este barrio con salida al mar Caribe resultaba inconcebible. Los enormes rascacielos de más de cuatrocientos pisos, ordenados geométricamente como piezas de dominó, posaban su hierático reflejo sobre el infinito océano transparente. La niña dengue descendió entre estas edificaciones a la playa, en donde había una enorme costanera, una franja verde de parque con palmeras y árboles de variado tipo, donde los propietarios o inquilinos del barrio saldrían a correr o a caminar, y en donde abundaban zonas de juegos para niños con amplia variedad de toboganes, areneros, subibajas, túneles y otros complejos ensamblajes geométricos que la niña dengue jamás había visto en toda su vida, pero en donde los chiquitos entraban y gateaban o trepaban entre risas, bajo la atenta mirada de sus niñeras. Fue ahí en donde su andar se detuvo y sus omatidios (no sin envidia) apuntaron. Ya que era allí, a esa placita de fascinantes divertimentos infantiles, donde seguramente su madre, pese a nunca jugar con él, que por plaza, como decíamos, tenía un basurero de cucarachas y ratas, sacaría a pasear a la hija de Nano Racedo. Decenas de niños a las risotadas y a los gritos tirándose por el tobogán o trepando por juegos de obstáculos o bien juntando arena con su balde y palita, bajo la atenta mirada de sus niñeras. Y es que era evidente que estas mujeres que acompañaban a los niños, por la textura de su piel, no eran sus madres: mientras a estas les sobresalían protuberancias escamadas de los brazos, producto de las largas horas bajo el sol radiactivo, los niños que jugaban, amparados por el panel solar de su barrio privado, gozaban de una epidermis perfecta, blanca y suavísima. La niña dengue se preguntó (no sin culpa) si alguna de esas mujeres sería la madre de sus compañeritos de la escuela y si se habrían enterado de la masacre, mientras sus omatidios acompañaron a una de ellas que llevaba de la mano a un niñito ya con la malla y los flotadores a la espléndida playa, cuya arena coralina y finísima se bifurcaba en dos, la zona de jets y lanchas y embarcaciones, y por otro la de bañantes, adonde esta mutante acarreaba de la mano al niñito, y adonde también seguramente su madre llevaría a la niña (no a ella, sino a la otra) a darse un chapuzón.

Ahí la niña dengue recordó cuál era su objetivo y volvió a mirar el arrugado papelito donde había anotado la dirección. Era en la calle 17 y la Avenida M..., en el piso 367 de un imponente rascacielos vertiginoso donde el tal Nano Racedo, junto a esposa e hijita, la esperaban.

Para evitar los guardias de seguridad de la puerta o algún indeseado obstáculo en el ascensor, resolvió que lo más sencillo sería inmiscuirse al departamento, zumbido y vuelo, por alguna de sus ventanas. ¿No era así, después de todo, como los mosquitos desde tiempos inmemoriales invadían las casas, a incordiar a sus dueños y a recordarles una vez más que lo que consideraban más propio, su infranqueable epidermis propietaria, ya estaba en realidad entrecruzada por formas incontrolables y justamente por eso insoportables de lo vivo? Se alzó pacientemente (le calculó 10 pisos por minuto, ya que volar para arriba siempre le había costado un mayor esfuerzo) en dirección a la elevada meta. Desde estas alturas, contemplar el horizonte le produjo fulgurante vértigo, ya que la inmensidad del cielo brumoso se confundía con el océano pampeano, y así se perdía toda proporción de la red sonora del abajo y la izquierda y del arriba y la derecha, de manera que resolvió que lo mejor era no quitar sus omatidios de la pared mientras subía. Al llegar al piso 367, espió por la ventana lo que parecía ser el living de la lujosa residencia. En el sillón pudo apreciar sentada a la esposa, quien contemplaba de frente, enfurruñado, a Nano Racedo, caminando de un lado para el otro. Detrás, el televisor, a todo volumen, mostraba las imágenes del matadero en que se había convertido el distrito financiero de Santa Rosa. El titular color rojo informaba:

CRACK EN LA BOLSA: VACUNAS FALLAN
EN PRODUCIR INMUNIDAD CONTRA
VIRUS DESCONOCIDO Y LAS ACCIONES
SE DESPLOMAN

Mientras tanto, escuchó un grito malhumorado:
—¿Dónde carajo está la negra india mutante?
Quien hablaba era nada menos que Nano Racedo, que indudablemente aludía con ese epíteto a su madre. Claro, recordó la niña, es que seguramente su madre, en

vez de iniciar como estaba previsto su jornada laboral ese viernes por la noche para oficiar de niñera todo el fin de semana, se habría dirigido con carácter de urgencia a atestiguar el tendal de cadáveres que su hija había apilado en la colonia de vacaciones, y tan sobrepasada estaría por la magnitud de la tragedia que habría olvidado avisar a sus empleadores la inexcusable ausencia. Para colmo de males, las infaustas noticias que transmitía el televisor no podían sino multiplicar la impotencia y frustración de Nano Racedo, quien, al gozar del prestigioso puesto de gerente virofinanciero de Influenza Financial Services, asistía en vivo y en directo a cómo su empresa se derrumbaba estrepitosamente. Y ni siquiera es que el compadecible empresario contara con la posibilidad de marchar disparado a la oficina central de la compañía a urdir un plan de salvataje con sus subalternos (cabe aclarar, sin embargo, que el plan original, siendo viernes por la noche, era ir al cine con su mujer, plan que ya se daba de manera implícita totalmente por descartado) puesto que la incumplidora empleada, pasadas tres horas de su cronometrado horario de ingreso, no aparecía por ningún lado para hacerse cargo de René, la hijita.

—¿Será que tuvo un problema con el hijo retardado?

Preguntó el padre bajo el signo del desconsuelo, sin ningún tipo de inquina o saña contra la niña dengue (en realidad, más allá de rumores vagos sobre su inmundo aspecto, no sabía quién era ni mucho menos le importaba), sino sinceramente buscando una explicación al primer e incomprensible faltazo de su empleada tras largos años de fiel e incondicional servicio.

—¿Será que tuvo un problema con el hijo retardado? ¿Ese hijo mogólico y monstruoso que tiene? —volvió a remarcar, por si no había quedado claro el concepto.

Pero fue precisamente el apelativo de «retardado» el que despertó el sutil veneno de la niña. De pronto recordó que, en su pasada vida en Victorica, por no depender de las contingencias del tráfico para volar a la escuela, invariablemente era la primera en llegar al aula, donde esperaba inmóvil en la puerta durante largos minutos, a veces horas, sin saber qué hacer con su corporalidad desenfrenada, hasta que aparecieran sus crueles compañeritos y debiera afectar una sonrisa y ceremonioso saludo, molestia que los bien formados o los impuntuales ignoraban, y que siempre le había causado una ansiedad social espantosa, una asfixiante fobia que no sabía cómo manejar, y que había finalmente resuelto demorando a propósito su arribo a los lugares, en un controlado simulacro de la demora, consciente desperdicio del tiempo que conquistaba volando en círculos estúpidamente como una mosca arriba de la escuela, retrasando así su descenso dos o tres minutos antes de la hora de inicio de la clase. Y era efectivamente la necesidad de efectuar este deliberado «retardo» aquello que ella a veces consideraba su más penosa tara, o al menos el ritual diario que ponía en evidencia frente a sus omatidios dípteros la irreductible aberración que la separaba de sus compañeritos y que la volvía en efecto una «retardada». Por eso, que Nano Racedo hubiera pronunciado esa justa palabra atizó viejos dolores y avivó nuevos fantasmas, que no hicieron sino recordarle a qué había venido: a vengarse de todos los oprobios que la humanidad había infligido a su desgraciada figura. Resolvió que la mejor estrategia para acometer este desagravio era destriparle a la hijita en su propia cara.

Inmediatamente, aún por afuera del edificio, se volteó y dirigió a la ventana que daba al cuarto de René, la niña. Allí la vio, serena e inmutable, como la estatua de un Alí-Bajá oriental, conectada a la legendaria Pampatronics.

¡Cuánto había deseado ella probar siquiera una vez la Pampatronics!

Este dispositivo de realidad virtual era un verdadero mito entre los niños de su barrio, ya que ni el sueldo de todo el año de todas sus madres juntas lo hubiera alcanzado a comprar. Y allí estaba René, impasible, como si nada, conectada al sublime objeto de su deseo, que ni en sueños hubiera imaginado avistar tan de cerca. La niña dengue tajeó con su pico el mosquitero de la ventana y se inmiscuyó haciendo un esfuerzo hercúleo por dominar el zumbido de las alas. Si bien René parecía dormir una siesta, en la pantalla se podía ver en primera persona lo que verdaderamente hacía: mientras cabalgaba, bronce y sueño, persiguiendo a los tiros a un grupo de Indios, el atardecer de dedos azafranados agonizaba como quien se desangra por el horizonte vertiginoso de la vertical llanura decimonónica. El íntimo deseo de experimentar la visión de esos irrecuperables paisajes antiguos le quemó de envidia las pestañas. Sin embargo, al acercarse a René con la intención de experimentar la Pampatronics, comprobó que el casco con el que accedía a estas inmemoriales geografías no era apto para las protuberancias de su cráneo. Al acercarse a René y calcular si al menos podría forzar los sensores de la Pampatronics a su peculiar zabeca, un sordo grito de horror la devolvió a la realidad: eran Nano Racedo y la esposa, que comprobaban espantados cómo un mosquito gigante se posaba sobre el dulce cuerpo de la hijita:

—¿Qué... qué mi-mierda es esa cosa? —apenas atinó a balbucear el padre, tartamudeando del cagazo que tenía, mientras se acercaba con una escoba en puntas de pie, especulando que así el insecto no advertiría su presencia. Sin embargo la niña dengue, ya enterada de la intromisión gracias a su mirada omatidia, aprovechó que los convidados habían acudido prematuramente a la escena. Partió al medio el casco de la hijita de un picotazo y enterró como una piqueta su filo en el cráneo, una, dos, tres veces, pulverizando la nariz y los ojos y haciendo de su angelical sonrisa una papilla de inmundas viscosidades, que salpicó triperío y gelatina a las paredes y a los juguetes y a las muñecas y a los padres, que se pusieron del color de la cera y se descompusieron tanto del dolor que ni a gritar alcanzaron. La niña dengue resolvió no prolongar el sufrimiento de estos miserables, y aprovechó su gélido shock para abalanzarse y picarles los ojos, los labios, los dientes, la nariz, hasta destrozar las formas de la cara en una cremosa pasta con la textura y el color del paté. Misión cumplida, pensó. Y ya se aprestaba a emprender el regreso a través del mosquitero por donde había entrado cuando los gritos que llegaban del televisor y las palabras «huevos» y «embriones» mil veces repetidas despertaron su curiosidad. Volvió a la sala y escuchó la voz del televisor que decía:

En una de las peores jornadas en la historia de la Bolsa de Valores de La Pampa, cuando parecía que las acciones, tras alcanzar un récord jamás visto, no podían caer más bajo, se descubrió que de las tripas de los cadáveres epilépticos diseminados por todo Santa Rosa empezaban a erupcionar huevos del tamaño de pelotas de tenis, cientos de miles, como un monstruoso caviar negruzco. Se probaría así la hipótesis (afirman los científicos consultados por el canal) de que este virus desconocido engendraría en sus víctimas tenebrosas criaturas ovíparas capaces de seguir esparciéndolo...

La mente de la niña dengue se nubló del pánico y dejó de escuchar: ¿qué eran esos huevos en las tripas de los oficinistas? Con la taquicardia que le produjo esta inesperada noticia (¿ella, antes niña, ahora madre?), regresó a toda velocidad por las espléndidas playas pampeanas hacia la Bolsa de Valores, y descendió en picada al tendal siniestro de cadáveres apilados. El olor a podrido de la carne casi la tumba, pero más intensa aún era su ansia de saber. Y fue allí, al acercar su vuelo zumbante al cuerpo ya exánime de un corredor de Bolsa, donde no hacía falta de un minucioso examen para divisar, entre el borboteante guiso en ebullición que eran esas tripas estalladas y en extraña locomoción de pringosas jaleas violetas y negras por efecto del misterioso virus, unas tremolantes pelotas en forma de cilindro, con unas invaginaciones gelatinosas que abrían un enigmático hueco en el que indudablemente se escondía algo que, por sus movimientos bruscos y rápidos, a falta de mejor palabra, bien designarían estas dos graves sílabas:

vi-da.

¡Vida!:

La niña dengue, como a quien informan de un milagro tan hermoso e inesperado que no alcanza a creer si no es compartiéndolo, miró a su alrededor. Reinaba un pesado silencio de tumba, todos pasados por la guadaña de su pico. Pero como si le hablara a los fantasmas, inspirada por las rimas que alguna vez le infligieron sus compañeritos de la escuela, gritó:

–¿Querían inmunidad? ¡Acá tienen su inmundidad!

La niña dengue de pronto entendió que su modesto sueño de vengar a su madre se había convertido en una cruzada mayor, que le permitiría azotar a la humanidad en una escala de alcance planetario: si ella sola había matado a miles de personas en apenas una tarde, un ejército de niñas dengue sería capaz de poner a la especie entera bajo amenaza de extinción. De pronto entendió (también) que, a este objetivo, el Caribe Pampeano le quedaba chico: periferia del verdadero centro de poder de la Tierra, si quería extinguir a los humanos y al inmundo sistema de gobierno que habían creado, debía golpear en su corazón: el mismísimo Caribe Antártico, verdadero centro financiero del Sistema Solar, donde se manejan los hilos políticos y económicos que gobernaban el destino de la humanidad y el planeta entero.

Dejó tranquilos los huevos donde los había encontrado y les gritó:

–¡Mosquitos, reinad sobre este mundo!

Se despidió con emoción de sus vástagos y levantó vuelo calculando desde los cielos cómo las tripas de esa multitud de cadáveres se habrían transformado en una inmensa usina de incubación de mosquitos mutantes y, si contáramos la historia desde los huevitos que aún no habían nacido, diríamos que, cuando la niña dengue llegó a la costanera y después a la playa, y se perdió en ese horizonte brumoso en el que cielo y mar eran la misma neblina celeste y que despertaba la ensoñación y la fantasía de qué estaría pasando en este mismo momento en las maravillosas playas antárticas o, más aún, qué iría a pasar ahora, cuando la incándida niña llegara finalmente a causar un reguero despiadado de atentados con su perverso y nunca cándido pico y que sus vástagos en forma de feto no podrían admirar sino con ternura, murmurando, aún desde la capa gelatinosa que los alimentaba y envolvía hasta el momento último de su germinación:

–¡Mucha suerte, mami dengue!

En el Caribe Antártico

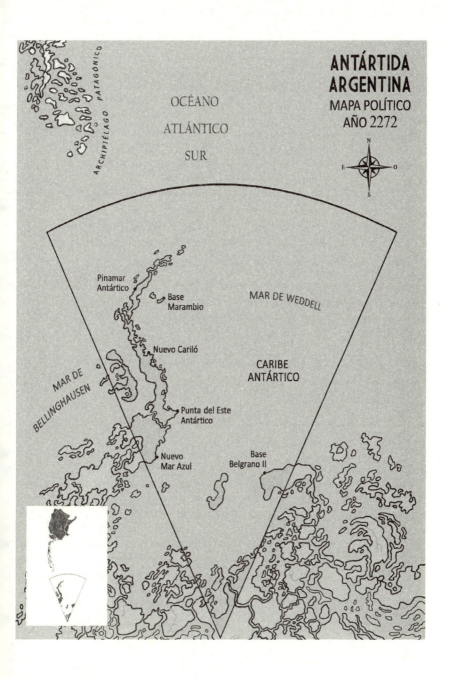

AIS

Prodigio de geoingeniería planetaria, de Pinamar Antártico a Nuevo Mar Azul, son el Mar de Weddell y el Mar de Bellinghausen los refrescantes piélagos que bañan las costas de este Caribe, mares emblemáticos por ser los únicos en la Tierra que aún no arden a temperaturas hirvientes. Al ser el promedio terrestre 90 °C y los máximos de hasta 200 °C, se calcula que, en algunas regiones, como California o Medio Oriente, a temperatura ambiente un pavo demora cerca de veinte minutos en rostizarse y un huevo menos de un minuto en freírse. El Caribe Antártico, en cambio, es uno de los pocos abrigos del gran sauna del mundo, con unos agradables 40 °C de media anual. Sus aguas azules y todavía tibias despiertan la admiración de los más exigentes turistas, que las prefieren frente a otros ardientes trópicos para veranear o incluso vivir. Estas costas antárticas de finísima arena coralina adornada por perfectas filas de cocoteros cuentan además con entretenimientos para todos los gustos. Grandes y vibrantes ciudades que ofrecen una oferta cultural amplísima, con teatros, bares, espectáculos de tango y casino, como la Base Marambio, balnearios para descansar en familia, como

Nuevo Cariló, o para divertirse entre amigos, como Punta del Este Antártico, y lejos de este bullicio urbano, también hay aventuras al aire libre para los más audaces: jetski y buceo en la barrera de coral del Mar de Weddell, pesca deportiva de truchas, avistamiento de tortugas, lagartos y delfines, y hasta un tour a la Base Belgrano II, puerto petrolero y de fósiles raros donde los yacimientos de YPF y sus enormes máquinas hidráulicas son las máximas perlas. Las encrespadas y templadas olas del Mar de Bellinghausen también son famosas por albergar el Campeonato Interplanetario de Surf, cita obligada para los amantes de este deporte acuático. Y por si fuera poco, el Caribe Antártico es además refugio de cientos de paradisíacas playas vírgenes, que pueden ser visitadas en cualquier momento del año gracias a los Grandes Cruceros del Invierno, afamada línea de lujo con una flota de más de cincuenta barcos que recrean en un ambiente inmersivo la fría estación desaparecida de la Tierra y su materia más elemental: la nieve, los glaciares y los icebergs.

Pero nada de lo que aquí ocurre hubiera sido posible sin AIS (acrónimo de Ascension Industries and Solutions), la reconocida multinacional inglesa de geoingeniería planetaria (dueña también de YPF y de Influenza Financial Services), que ganó casi todas las licitaciones estatales y privadas para adecuar las diversas geografías de la Antártida Argentina a las rigurosas exigencias del turismo internacional. La respetada corporación recibía ese nombre, aclaraba su página oficial, en honor a la isla Ascensión, minúsculo punto ubicado entre África y Sudamérica, donde ocurrió el primer experimento de geoingeniería de la historia. Allí, en ese enclave estratégico del Imperio Británico, Darwin y el botánico Joseph Hooker implantaron, entre 1850 y 1870, más de diez mil variedades vegetales y animales que seleccionaron de bosques de Argentina, Europa y Sudáfrica, con el objetivo de aumentar gradualmente la biodiversidad, la humedad y la fertilidad de esas tierras. Así, en dos décadas, emularon un proceso climático que hubiera demorado millones de años, y transformaron aquella isla volcánica y muerta, Ascensión, en una húmeda y floreciente selva que perduró durante siglos. Y esa era, en efecto, aunque aumentada a enormes escalas geográficas, la especialidad de AIS: la geoingeniería planetaria, es decir, la aplicación de tecnologías geológicas para transformar cualquier desierto sin vida en un bullente magma de recursos vivientes, y acelerar vertiginosamente a cuestión de días largos procesos geológicos que de otra manera demorarían siglos o milenios.

Volver, en suma, a los ecosistemas mercancías, productos reproducibles a gran escala y bajo costo, como celulares o lavarropas, era la gran misión de AIS. Su CEO y creador, Noah Nuclopio, argumentaba que si el capitalismo había destrozado la naturaleza, también podía reutilizar esos métodos industriales para reconstruirla. Para ello AIS había patentado una serie de técnicas de geoingeniería que ninguna otra compañía podía utilizar sin pagarle regalías, como eran el bombardeo estratosférico de aerosoles (una forma de controlar la temperatura que consistía en lanzar desde aviones bombas con sulfuros que al explotar reflectaban la energía del sol), el fusilamiento oceánico (el disparo a gran escala de misiles de hierro al océano para estimular el crecimiento de fitoplancton) o la inyección de ribuxina (un químico que, aunque sumamente tóxico, aspiraba de manera masiva el dióxido de carbono del ambiente).

Ya son legendarias las imágenes de las primeras flotas de miles de aeronaves de AIS que, como si libraran una

Gran Guerra, bombardeaban masivamente con químicos el continente antártico al grito de:

—¡Muera el salvaje, asqueroso, inmundo efecto invernadero! ¡Viva Noah Nuclopio! ¡Viva AIS! —que entonaban los gerentes a mando de la misión para arengar a sus empleados.

Aunque sus detractores llamaban a AIS el «McDonald's climático», ya que ofrecía una especie de menú predeterminado de floras y de faunas genéticamente patentadas, y que convertían en pocos meses cualquier lugar de la Tierra o sus colonias extraterrestres en una escenografía idéntica, una plantilla predefinida que volvía intercambiable un bosque en la Antártida o una selva de Marte, lo cierto es que su apabullante efectividad en tiempo récord, sumada a sus imbatibles precios, la habían vuelto la empresa líder en el rubro, por no decir un enorme e invencible monopolio, al que ningún país o corporación que quisiera terraformar sus propiedades hubiera dudado en contratar.

Por las características cálidas que había adquirido la Antártida Argentina tras su deshielo definitivo (que la convirtió, curiosamente, en un desierto volcánico como el de la isla Ascensión) y la ventaja que ofrecían los miles de kilómetros con salida al mar, casi todas las cadenas hoteleras y demás compañías inglesas que usufructuaban el territorio habían comprado a AIS distintos paquetes del ecosistema «Caribe Tropical» (siendo las réplicas de Miami, Aruba o Punta Cana las opciones más populares), y fue así que, en poco tiempo, y con no poco impulso publicitario, se empezó a hablar de esta austral región como del «Caribe Antártico».

El proceso de terraformación, para quien ignore los pormenores, era bastante sencillo. El caldo de hongos, microorganismos y bacterias que constituían los ladrillos fundacionales de la vida de cada ecosistema era especialmente elegido por geoingenieros y biólogos de la empresa, mientras que los especímenes animales y vegetales que embellecían el escenario quedaban a gusto y criterio de cada cliente. Por ejemplo, si la entidad contratante quería introducir mariposas en su propiedad, AIS le remitía un menú de opciones:

- Anaea troglodyta cubana (Fabricius, 1775)
- Anartia jatrophae jamaicensis (Möshler, 1886)
- Euptoieta hegesia (Cramer, 1779)
- Hamadryas amphichloe (Boisduval, 1870)
- Hypolimnas misippus (Linnaeus, 1764)
- Junonia evarete (Cramer, 1779)
- Junonia genoveva (Cramer, 1780)
- Marpesia chiron (Fabricius, 1775)
- Marpesia eleuchea (Hübner, 1818)
- Memphis verticordia danielana (Witt, 1972)
- Phyciodes phaon (W. H. Edwards, 1864)
- Plebejus melissa samuelis (Nabokov, 1944)
- Siproeta stelenes biplagiata (Fruhstorfer, 1907)
- Vanessa cardui (Linnaeus, 1758)

De las cuales solo podía elegir cinco, diez o veinte, dependiendo del pack contratado. De manera subsiguiente, hacía lo mismo con flores, mamíferos, aves, peces, corales y demás especies, y hasta quedaba a criterio del cliente, en una paleta de sutiles matices, la elección del color preciso del agua y la arena, y hasta de las rocas y las palmeras.

Fue así que, en pocos años, el Caribe Antártico se volvió (para dicha de los turistas) un espectacular refugio de las variedades animales más exóticas y deslumbrantes, antes extintas en casi todo el planeta, desde flamencos y tucanes, monos tití y tortugas verdes, hasta delfines, cocodrilos y manatíes, y que volvieron a los balnearios antárticos verdaderos paraísos, afamados por sus exquisitas playas y visitados por millones de turistas de todas partes del Sistema Solar.

Pasen, vean, no sean tímidos, las maravillas de este espléndido oasis terrenal.

¡Bienvenidos y bienvenidas al majestuoso Caribe Antártico!

LA MAMI DENGUE

—¡Setecientos pesos una porción de cornalitos! —se quejó la mami dengue. Acababa de llegar a Pinamar Antártico tras el largo viaje en huida desde Santa Rosa, y se había sentado medio por azar en el primer puesto de comida y refrescos que encontró, pero ahora que se detenía a mirar la carta reparaba en la estafa sideral de la que querían hacerla víctima.

—¡Setecientos pesos! ¡Por unos cornalitos!

Como estos balnearios del Caribe Antártico (refundación de los que otrora poblaron la costa de Buenos Aires y que habían desaparecido hundidos por el deshielo) vivían exclusivamente del turismo, aprovechaban la temporada alta para abusar con los precios, y cobraban seis y hasta siete veces más por una cerveza o cualquier plato insípido solo porque era «a pasitos de la playa» (según el lema de Rudolph's, el lujoso restorán playero al que se acababa por azar de sentar). Así, argumentaban, podían sobrevivir la larga «noche polar» (literalmente, dos meses al año en que por la rotación terrestre los polos carecían de luz solar). En cambio, ahora, en tiempos de «noches blancas», como era el caso en diciembre (es decir, los meses en que la Antártida gozaba de luz solar las veinticuatro horas del día), era cuando los balnearios imantaban muchedumbres obscenas de turistas, y que los pícaros aprovechaban para sacar punta al lápiz y remarcar abusivamente la carta.

A la mami dengue los cornalitos le traían recuerdos entrañables, de tiempos que parecían antiguos si no fuera porque habían ocurrido meses atrás, cuando su propia madre, las raras tardes que tenía libre, pasaba a buscar al (en ese entonces niño) y lo llevaba a la costanera de Victorica. Y en algún puesto al paso le compraba cornalitos, que servían aún chirriantes del aceite hirviendo en un cono de cartón que lentamente se hacía transparente por la fritura que absorbía, y que saboreaban mientras caminaban o se sentaban en un banco frente a la costa maloliente y putrefacta. En alguno de estos inusuales paseos fue que la mami dengue (aún niño) aprovechó la rara intimidad que propiciaba disfrutar por fin un momento juntos, madre e hijo, fuera del asfixiante tugurio donde vivían. Entonces, sediento de verificar lo que sus compañeritos rumoreaban (básicamente, que un mosco inmundo se había empomado a la vieja), el (aún) niño lanzó la pregunta que desde siempre había ardido, atragantada y espesa, en sus palpos maxilares:

—Mami, ¿cómo nacen los niños?

Y la madre entonces explicaba, paciente y en versión infantil, un didáctico resumen de la milagrosa fecundación humana.

Sin embargo, insatisfecho por la respuesta (ya que, después de todo, mitad humano mitad mosco, la explicación solo parcialmente aplicaba a él), el niño dengue indagó un poquito más:

—Está bien, mami, ¿pero cómo nace un niño dengue *dengue?*

La repetición del dengue, innecesaria, justamente pretendía reforzar el hecho de que la madre evadía lo obvio, es decir, que él no era hijo de dos humanos, sino de la aberrante cruza entre mosquito y humana. Entonces la madre, incómoda frente a la repregunta que impedía toda circunvalación y subterfugio, se puso tensa. Permaneció en silencio y, sin mirar nunca al niño a los ojos, sopesó en su boca ventajas y desventajas de enunciar la amarga verdad, verdad amarga que acaso se confundiría con el amargor pringoso de los cornalitos fritos. Hasta que, finalmente, replicó:

—¿Quieres que hablemos de La Gran Anarca?

El niño dengue, desconcertado, nunca comprendió esta enigmática respuesta, tan lapidaria que ni siquiera se atrevió a repreguntar qué significaba. Largas noches en vela lo torturó la oracular naturaleza del dictamen («¿Quieres que hablemos de La Gran Anarca?», ¿qué carajo se suponía que significaba eso?), pero ahora, era precisamente ahora cuando, también ella madre, la vehemente intensidad de este enigma regresaba y, mientras se indignaba por el precio impagable de los cornalitos, evocaba en sus peludas antenas el magno misterio de la creación, que nuevamente se encarnaba en sus vástagos, a quienes, en medio del furor vengativo, había abandonado a la deriva en pleno distrito financiero de Santa Rosa.

Y, en verdad, era un misterio qué habría acontecido con ellos. Miles, negruzcos, erupcionando de los cadáveres a montones... ¿Habrían nacido ya? ¿Acaso no era su deber rescatarlos?

Porque una posibilidad, en vez de matar gente a lo pavote en el Caribe Antártico y extinguir a la especie humana como planeaba, hubiera sido regresar a Santa Rosa, a criar a sus mosquitos y mosquitas. Ser no la mami, sino la matrona dengue, jerarca de una enjundiosa dinastía de infantiles mosquitos mutantes.

¿Pero cómo maternaba, se preguntó, un mosquito?

De pronto recordó (aunque nuevamente eran los rumores de sus compañeritos) su propia lactancia, cuando su madre le ofrecía piadosa al mosco recién nacido su hinchado pecho lleno de leche. Pero como el (en ese entonces) bebé dengue carecía de boca para chupar, picoteaba torpemente la teta sin éxito, rasgando la carne y sembrando el pobre simiente materno de cientos de ronchas que enrojecían e infectaban su pezón. Había que ver para creer el paupérrimo espectáculo de ese pecho: de la irritación por las picaduras, el tejido adiposo se hinchaba, y obstruía los conductos internos que normalmente transportan la leche, los cuales, ahora taponados, se convertían en monstruosas y palpitantes venas azuladas que sobresalían como gordas sanguijuelas, convirtiendo esta inmaculada usina de vida en un absurdo cúmulo de bultos grotescos y relieves tumorosos, donde se confundían la leche con el pus y el pezón con las ronchas tumefactas y lívidas consteladas a lo largo de la piel. Debió de ser un martirio, pensó la (ahora también) mami dengue, el que ella había infligido a su progenitora.

Mortificada y culposa, entonces, la mami dengue miraba sus propios pechos, pero en donde habría esperado encontrar las tetas, solo había una horrenda protuberancia peluda, uniforme, sin rastro alguno de pezones que chupar.

Es que (deducía la mami dengue) su especie no era mamífera. No tenía tetas, y carecía de instinto maternal. Más bien, la progenitora apenas lidiaba con la mecánica básica de ovar y desovar, legando el resto de las responsabilidades a los propios bebés, que debían arreglárselas por sus propios medios.

¿Qué hacer, entonces? ¿Para qué volver a Santa Rosa, si los moscos romperían el cascarón por sus propios medios e iniciarían, tarde o temprano, la embestida asesina? Si carecía de responsabilidades como madre, pero también como hija (puesto que ya había exterminado a los verdugos de aquella), su destino ahora era dudoso, abierto, de incertidumbre y posibilidades sembrado. Libre de ataduras, ¡libre!, ya no era nadie: ni hijo, ni hija, ni mami, ni *nada*.

¡La nada dengue!

Metafísicas dudas la abrumaron: ¿a quién, entonces, picar?, ¿qué pica el mosquito cuando por picar nadie queda?, ¿pica por puro placer, sangre porque sí, sangre vana y devanada?, ¿por qué mosquito y no más bien *nada?*, se preguntó, con afectada telenovelería.

De pronto, estas absurdas divagaciones se interrumpieron por un furioso golpeteo en el techo de Rudolph's, el puesto playero de comida y refrescos al que por azar había caído. Era nada menos que la bandera de Inglaterra, sacudida por el viento del mar, que flameaba sobre el techo de paja del comercio, y que despertó un inesperado sentimiento patriótico en las tripas verdosas de la (¿ahora?) nada dengue.

¿Acaso no era su nuevo objetivo descolonizar a la Argentina?

Sin pretender fatigar con detalles que ya ha trajinado cuanto libro de Historia Nacional se conozca, es fama que la República Argentina (asediada por impagables deudas con acreedores internacionales) había cedido siglos atrás la soberanía de la Antártida a Reino Unido a cambio de la cancelación de sus pasivos. Así, tiempo después, cuando Buenos Aires se hundió definitivamente por el deshielo, e irrumpió la urgencia de refundar la capital y sus balnearios, no quedó otro lugar con vastas extensiones habitables que la Antártida. El país, de esta manera, se encontró en la más desventajosa posición para remediar el pésimo negocio que había perpetrado con los piratas. Y que lo obligó a alquilar (bajo un contrato leonino que ni el inquilino más rastrero y desesperado se hubiera atrevido a firmar) la Península Antártica a sus nuevos propietarios, siendo en realidad Pinamar Antártico, la Base Marambio, Nuevo Cariló, Punta del Este Antártico, Nuevo Mar Azul y la Base Belgrano II, aunque habitadas por la diáspora argentina, posesiones de ultramar del Imperio Británico, donde el idioma oficial era el inglés, y cuya administración y gobierno se regía por plena soberanía de dicho país.

¡Argentina, una colonia inglesa, administrada por el Reino Unido!

Y encima le querían cobrar setecientos pesos por una porción de cornalitos...

De pronto, la nada dengue se vio asaltada por viejos recuerdos (que habían sucedido hacía pocos meses, pero que también parecían de varias vidas pasadas), cuando sus compañeritos de la escuela, a la hora del recreo, coreaban:

—¡El que no salta es un inglés!

—¡El que no salta es un inglés!

—¡El que no salta es un inglés!

Y así, en ronda, saltaban y, quizá sin comprenderlo del todo, se educaban en un orgulloso sentimiento antiimperialista, que seguramente habrían aprendido en su casa o en casi cualquier conversación cotidiana de Victorica. Sin embargo, cuando veían que el (en ese entonces) niño dengue, menos por convicción anticolonial que por la avidez de integrarse al grupo, se acercaba tímido y, agitando torpemente las alitas, se acoplaba a la ronda y cantaba el estribillo, alguno le reprochaba:

—¡Que venís a saltar vos, otario, si el mosco que se empomó a tu vieja es un pirata!
—¡El que no salta es un inglés!
—¡El papi dengue!
—¡El que no salta es un inglés!
—¡Papi dengue!
—¡Inglés!
—¡Tu papi!

Y le caían a golpes, solo por el placer de fastidiarlo, mientras el niño dengue lloraba y se mortificaba por su origen impuro y foráneo.

Porque la realidad era que el (en ese entonces) niño dengue sí había escuchado repetidas veces ese rumor. Que un laboratorio inglés había parasitado con larvillas infectas el útero de varias mujeres de Victorica a cambio de una mísera paga, con el objeto de engendrar una transgénica raza novísima, el Gran Mosco Dengue, insecto desproporcionado y siniestro cuya aplicación industrial a ciencia cierta se ignoraba. Y que su madre, porque precisaba el dinero, se había ofrecido. Pero el experimento había salido mal. O demasiado bien. Y el resultado había sido nada menos que el niño dengue, porquería mutante y asesina con la capacidad de procrear aceleradamente más porquerías de semejante guisa.

Se decía que el laboratorio que había introducido las larvillas en Victorica formaba parte del conglomerado AIS-Influenza Financial Services-YPF, una vastísima corporación de virofinanzas, geoingeniería planetaria y explotación de fósiles raros como los que se habían encontrado recientemente en la Base Belgrano II. Su fundador y CEO, Noah Nuclopio, era un extravagante emprendedor y magnate, radicado actualmente en la Antártida Argentina, famoso por sus megalómanos y siniestros planes para monetizar cuanta catástrofe climática irrumpiera, y de quien se rumoreaba era el proyecto de insertar las larvillas infectas en los úteros de Victorica.

¿O sea que mi papá es Noah Nuclopio?, se preguntó aturdida la nada dengue, como si esa fuera la conclusión más importante del complejo intríngulis planetario del que formaba parte. Realmente, ninguna culpa tenía la pobre de que el destino mismo de la Tierra y de toda la vida que albergaba dependiera de la pequeña novela familiar del mosquito, del drama edípico del insecto que ella ahora venía a protagonizar. Y quizás, si su vida había perdido sentido tras volverse *nada*, bien lo recobraría como un relámpago al cazar a Noah Nuclopio, su celebérrimo padre. Y, aún más, al destriparlo, por engendrar un mosco tan horrendo y miserable. Y de paso, ya que estaba, al destripar al resto de los ingleses, y por qué no, al resto de la humanidad, y barrer a tan nefasta especie del ya tan inmundo mundo.

A estas revelaciones sanguinarias se entregaba la nada dengue cuando, súbitamente, advirtió que un séquito brusco de turistas la acorralaba. Esta turba de curiosos, fascinada por la contemplación de tan horrendo insecto, le sacaban fotos, gritaban y reían, presos al mismo tiempo del terror y la excitación. Es que, verdaderamente, tenía que ser muy ingenua la nada dengue para pensar que, tras la catástrofe humanitaria y financiera que había regado en el Caribe Pampeano, podía sentarse como si nada en el primer restorán de Pinamar Antártico que encontrara, cuando la noticia de un mosco monstruoso, mutante y asesino recorría la primera plana de todos los noticieros y periódicos. Pero la nada dengue, con su cándida mente aún de niña o de niño, jamás había reparado siquiera en esa posibilidad, y ahora, todavía sentada en el restorán esperando a que la atendieran, se sorprendía frente a la muchedumbre de curiosos que la rodeaban con el frenesí que produce el encuentro de una celebridad. Repentinamente azorada por la inesperada visión de estos humanos de rostros diabólicos y enardecidos que la asediaban, sus reflejos no estuvieron preparados cuando advirtió que, entre esta multitud atolondrada, se acercaba Rodolfo, el encargado de la casi homónima casa de comidas y refrescos que, con la típica mente de un colonizado, había anglicanizado su nombre y puéstole al comercio Rudolph's. El mentado Rodolfo, como decíamos, se acercaba a las puteadas, molesto por la escandalosa multitud que enardecía su local y ahuyentaba a la clientela y aún más furioso contra el mosco que en primera instancia causaba este escándalo, y entonces disipó con sopapos a la muchedumbre que entorpecía su paso, y cuando finalmente alcanzó, de frente, al mosquito que atraía el gentío, la anonadada nada dengue, Rodolfo desenvainó del bolsillo trasero un grueso tubo metálico que presionó, ágil y rabioso, con el índice, mientras gritó:

—¡Rajá de acá, mosco inmundo!

Era nada menos que el Moscorminator 400, el insecticida que hacía poco se vendía para aniquilar la nueva cepa de dengue que había causado estragos en el Caribe Pampeano y que amenazaba llegar hasta el Antártico.

Roció a la desprevenida nada dengue con una furibunda explosión blanca de insecticida, que quemó su pico y sus antenas y sus múltiples ojos omatidios. El ardor terrible la enegueció, pero con el terco espíritu homicida que la caracterizaba llegó a gatillar sus últimas fuerzas en la réplica:

—¡Me rajo, pero antes te rajo a vos, Rodolfo! ¡Setecientos picotazos, uno por cada cornalito!

Sin embargo, hay que decir que la comparación entre la amenaza esgrimida y su concreción efectiva fue más bien patética, ya que, debido al veneno que empezaba a surtir efecto, a la nada dengue apenas le alcanzaron las energías para embestir un único y débil picotazo, pero tan enclenque y poco impetuoso que apenas rasguñó el cráneo de Rodolfo. Asustada por la omnipotencia asesina de la que había creído gozar y que ahora se desvanecía, la nada dengue huyó con debilitado terror. Sacudió sus alas, que respondieron a medias, y voló torpemente en zigzag, errando trémula por el cielo, desde donde los turistas y Rodolfo y el restorán se convirtieron en difusos puntos sin silueta ni contorno y solamente la arena y el mar, sí, el azul e intenso Mar de Bellinghausen, tibio y distante como el sótano del dolor, y el veneno que prendió y que entumecía el cuerpo de la madre, de la niña, del niño, qué vamos a decir, de la nada, hasta que de pronto, como si le hubieran cortado el suministro de electricidad, sus alas se detuvieron, y sus ojos omatidios se congelaron, y cayó tiesa en el medio de una extraña superficie blanca de un enorme crucero, donde hermosos jóvenes en extraños atuendos patinaban y se reían y la nada dengue, al estrellarse, no alcanzó a ver cómo estos efebos huían cagados del susto ante el imprevisto aterrizaje del mosquito gigante, y la nada dengue, que normalmente se hubiera reído de su involuntaria maldad, permaneció impasible con la impasibilidad de los plácidos. Miró al sol fijamente, y después ya no vio más nada.

Porque, en un instante, había pasado de nada a envenenada.

Y su insoportable zumbido se volvió más soportable, y su pico ya no pareció ni tan renegrido ni tan quemado, y sus penosas patas bicolores ya no fueron tan penosas ni delgadas, y sus tripas, menos verdosas y malolientes, y sus antenas, ni tan gruesas ni tan peludas, y sus ojos omatidios ya no causaron el asco ni abominación de antaño, porque su insoportable y característico zumbido viró de insoportable a soportable, y de tolerable acaso a placentero, y después una cripta lóbrega de débiles susurros que, bajo la diurna y caribeña noche de los polos, ya no zumbó más. Algunos curiosos se acercaron, pero otros, indiferentes y entusiastas, prosiguieron su ceremonial paseo por la resplandeciente noche blanca que se continuaba y confundía con el día siguiente en Pinamar Antártico.

¿Quiere decir que se murió?

EL DULCE

¡Sí, se murió!
¡Otra vez!
El Dulce estaba harto de que se le trabara el videojuego cada vez que empezaba un malón y a su personaje así, congelado e indefenso, lo aniquilaran sin mayor complicación. Esta vez, agazapado entre el yuyal junto a otros Indios, aguardaban a un grupo de Cristianos que volvía de rastrillar desde el alba los alrededores de Guaminí, pueblito recientemente fundado en el medio de la pampa. Los Cristianos, en efecto, los buscaban a ellos, aunque naturalmente sin ningún éxito, ya que un espía les había corrido la voz de esta excursión, y los Indios habían mandado a mudar toda la toldería bien lejos en dirección al Sur.

Pero ahora atardecía, y el sol desangraba un arpegio de sangre en el cielo sangriento.

Y los Cristianos, cansados y hambrientos, regresaban por la llanura pronto en penumbras. Por eso, el objetivo de los Indios era claro. Agarrarlos distraídos y con la guardia baja, matarlos y robar todo su preciado armamento: fusiles wínchester, carabinas, facones y quizá algún viejo revólver o trabuco oxidado. Suficiente arsenal para atacar al día siguiente el pueblo. Entonces, una vez que tomaron a los Cristianos por sorpresa, y una manada siseante de boleadoras cayó sobre sus caballos que tropezaron y los escupieron encabritados de la montura, los Indios se arrojaron hacia ellos como flama. Apenas el Dulce se acercó y atravesó el cuello de un caído, y vio que su boca lanzaba lentos y jadeantes suspiros neumáticos como un pescado que en tierra hace O y O y O y O y O por la boca ahogándose, no llegó a desabrocharle el rifle de la funda y rematarlo con sus propias balas, cuando todo se desintegró en un instante de sangre. El Dulce se mareó, levantó la cabeza y solo vio una distorsionada mancha de píxeles sin forma que copaban la pantalla.

¡Pampatone de mierda!

De la impotencia, ni se intentó conectar de vuelta, ya que el final era tan frustrante como predecible: su cuerpo vengado por estos Cristianos o bien por otros que lo encontrarían al poco rato, congelado y desatendido, en el medio del desierto.

Se sacó el casco y pudo comprobar que en la Victorica del año 2272 el día ya clareaba: había pasado toda la noche jugando a *Cristianos vs. Indios*. Hacía un calor insoportable y, sumado a la humedad, el ambiente parecía un sauna. Una típica mañana del Caribe Pampeano. Se levantó, entonces, de la cama, presto a desayunar algo fresco y empezar la descarga, cuando en el otro extremo de la casa (es decir, a tres metros, ya que el chalet donde vivían era muy pequeño) vio a su hermano en sospechosa actitud, espiando por las cortinas mientras mascullaba unas puteadas.

Y el hermano, al verlo despierto, le gritó:

—¡Pendejo de mierda, vení a ver esto! ¡Se picó el barrio! ¡Se llenó de milicos!

El Dulce abrió de par en par las cortinas y en efecto la gendarmería ya estaba ahí, con un enorme cerco sanitario dispuesto alrededor del basural frente a su casa. Cientos de soldados con ametralladoras, máscaras y trajes químicos, helicópteros y tanques patrullando la zona. El Dulce tuvo que hacer un esfuerzo impensado por no mearse del susto, porque de manera intempestiva recordó como un rayo el moco que se había mandado con la piedrita y que creía (ilusamente) olvidado, pero como las manos le empezaron a temblar y no quería sembrar sospechas en su hermano, que no daba crédito al despampanante despliegue de militares frente a su casa, las ocultó tras su espalda y, con su mejor actuación al Óscar, le preguntó:

–Qué raro, che, ¿qué habrá pasado?

Después les llegó el rumor. Al parecer, un ciruja que revolvía el basural por las noches, sorprendido por sus fluorescentes verdores, había encontrado la piedrita. Y nadie sabe qué efecto le infligió el mágico guijarro al pobre hombre, pero lo cierto es que, al otro día, lo encontraron con el cráneo fracturado, qué digo fracturado, abierto al medio como una papaya podrida, como si, enloquecido por las verdades terribles que le insertó por telepatía el fósil, se hubiera apedreado con ella en la cabeza hasta callar esa insoportable voz primigenia que comunicaba terribles verdades sepultadas durante eones en las entrañas terrestres. Un vecino, avisado por el insoportable olor a podrido, inmediatamente llamó a las autoridades, y a las pocas horas un cerco sanitario había cerrado toda la cuadra.

Al hermano del Dulce no le cuadraba: ¿cómo habría terminado ahí una de las piedritas que traficaba? Mientras observaba a los policías parados exactamente frente a su casa, algunos papando moscas, otros maltratando a la gente que pasaba, naturalmente no pudo dejar de recordar la naturaleza ilegal de su negocio, y de inmediato concluyó que ese aluvión de milicos sería una calamidad. Porque si su actividad fluía tan bien a espaldas de la Ley (vale aclarar) era gracias a los sobornos que todas las semanas repartía a las lanchas de la prefectura que patrullaban el sector argentino del Canal. Pero la llegada de este nuevo escuadrón que lo vería pasearse por el barrio en actividad tan sospechosa con montones de cajas hacia el río (entreveía el hermano del Dulce) rompería el esquema de favores que con tanto esfuerzo había concertado, y las diligencias cotidianas del contrabando (sospechaba) se entorpecerían notablemente.

Y, en efecto, no fueron errados sus pronósticos. Porque pasaron los meses, y el cerco sanitario no solo nunca caducó, sino que cada vez había más agentes patrullando la zona. Después de una semana en la que por precaución había detenido la actividad, la necesidad económica lo obligó a volver al ruedo. Pero por más que arrancaran el flete en plena madrugada, era imposible encontrar una orilla del hediondo riachuelo en donde ya no los esperara un grupete de cinco o seis gendarmes ávidos de una tajada del próspero ilícito. Salían detrás de los arbustos como moscas apenas empezaba la descarga y uno, que siempre era el jefe, golpeaba con la punta de su escopeta las cajas. Y, al escuchar el mugido de los mutantes, preguntaba, sonriente de oreja a oreja:

—¿Qué hay acá, ovejines? Qué casualidad, con las ganas de ponerla que tienen los muchachos...

Entre la mercadería que los milicos mangueaban para satisfacer sus más bajos instintos, y las dádivas que exigían para hacer vista gorda al contrabando, el hermano comenzó a dilapidar toda su ganancia en coimas, que repartía a diestra y siniestra sin ningún tipo de criterio, con tal de que lo dejaran en paz. Así, rápidamente, se hundió en la ruina, y el arduo trabajo apenas alcanzaba para cubrir los gastos fijos. Tuvo que echar a dos paseros y malvender una camioneta y una lancha. Su pyme, de manera drástica, se redujo hasta volverse un agujero de pérdidas, y ya no pudo competir con los propios gendarmes, que rápidamente se hicieron eco de la gallina de huevos de oro que abrigaba ese pueblo perdido, y se volvieron ellos mismos contrabandistas. Y, como naturalmente no debían pagar por sus propios sobornos, cargaban con menos costos fijos y por eso ofrecían un servicio de traslado muchísimo más económico.

Así, de un día para el otro, el hermano quedó prácticamente desempleado. Y de una manera íntima que no sabía explicar cómo ni por qué, se aferró a la terca convicción de que el Dulce era el culpable de este desastre. Bajo el signo de una certeza que llegaba sin pruebas pero desde la hondura de sus entrañas, se había imaginado toda la secuencia: por el mero placer de romper los huevos, sin que nadie lo viera, el Dulce se habría encanutado una de las piedrecillas y después, temeroso de sus efectos que desconocía, la habría lanzado por la ventana, pensando que así zanjaría el asunto.

Si el hermano llegaba a descubrir que esta especulación era cierta, fantaseaba con la bronca esperable de su tragedia, lo recontra recagaría a golpes, para que aprendiera a no cagar donde se come.

Lo empezó a vigilar a toda hora. Vigilancia no muy complicada, ya que lo único que hacía el Dulce cuando no trabajaba para su hermano era jugar a la Pampatone. Tirado en el sillón, enviciado todo el día con *Cristianos vs. Indios* y su nuevo chiche, *Cristianos vs. Indios 2*, una extensión que desarrollaba las aventuras de la Conquista del

Desierto en la Antártida y otros planetas como Júpiter y Marte. El hermano se sentaba y miraba fijamente al Dulce, quien, abstraído en su realidad virtual y el rostro en una especie de éxtasis o goce, se arrodillaba y movía los brazos hacia arriba y hacia abajo como un poseso. Pero el hermano, ya nervioso por la concentración suprema de su hermano en tan repetitiva tarea, le arrancaba el casco de la cabeza, le daba dos cachetadas y, mientras lo levantaba del cuello, le gritaba tan de cerca que le escupía toda la cara:

–¡Pendejo de mierda, me llego a enterar que vos robaste la piedrita y te voy a matar!

Y se iba, mientras el Dulce, pálido y temeroso, hacía su mayor esfuerzo para fingir asombro ante la acusación y regresaba al juego. Hay que decir que el hermano, pese a esta vigilancia permanente, muy perspicaz no era, ya que en ningún momento se había preguntado de dónde habría sacado el Dulce el dinero para comprar *Cristianos vs. Indios 2*. Pero resulta que el Dulce, después de robar la piedrita telepática, se había dado cuenta de que nada era más fácil que robarle mercadería al otario de su hermano. Así, los domingos, que en general era el día de mayor descarga y por eso menos sencillo detectar faltantes, se afanaba unos ovejines. Los escondía bajo llave en el casillero para discapacitados del baño de la escuela (donde le pareció que tendrían un hábitat adecuado, ya que podían beber agua fresca de la letrina) y, durante los recreos, se los alquilaba a los estudiantes de sexto y séptimo grado, malandrines estos que, con un dolor de huevos horroroso producto de la pubertad en curso, hubieran gastado lo que el Dulce pidiera y aún mucho más con tal de probar el tierno ano del mutante. Los pibes se volvían locos apenas palpaban el estupendo esfínter, y aullaban como bestias en celo desde el casillero:

-¿Te gusta cómo te enfierro el orto, Alfredito? ¿Te gusta cómo te desvirgo? Al parecer, el morbo de los pibes era imaginarse que se cojían a un compañerito con un culo gordo y redondo al que le tenían unas ganas descomunales, y que se llamaba Alfredito. Fantasía esta favorecida gracias a que los prepúberes ya perdían todo tipo de inhibición antes de entrar al casillero, cuando el Dulce les vendía blísters de benereoTT, que consumían como caramelos mientras acometían el acto sodomítico. De esta manera, en cada recreo el baño se transformaba en un antro griego de placer infantil que el Dulce gestionaba y que le reportaba unas ganancias absurdas para un niño de su edad, las cuales le permitieron, al cabo de dos o tres semanas, comprar en la feria *Cristianos vs. Indios 2*.

El problema que padecía el Dulce en *Cristianos vs. Indios 1* era que, con una conexión lentísima, siempre era carne de cañón de los Cristianos. Solía participar con éxito del comienzo del malón (cuando tomaban por sorpresa los puestos militares de frontera), pero apenas entraban al pueblo y arreciaban los incendios, saqueos y matanzas, la abigarrada cantidad de personajes y escenarios exigían un volumen de gráficos demasiado elevado para la precaria Pampatone, cuyo sistema colapsaba y, tras unos segundos de congelamiento, el personaje del Dulce siempre aparecía en el suelo, con la cabeza o la barriga reventadas por el plomo. Por eso no tuvo mucho sentido que se comprara *Cristianos vs. Indios 2*, cuyos gráficos y experiencias virtuales eran aún más sofisticados y complejos que la 1. Si no fuera porque, claro, la compañía que vendía el videojuego había desactivado las experiencias religiosas de *Cristianos vs. Indios 1* para que todo el mundo se comprara la extensión. Y el Dulce, que profesaba el culto de la Gran Serpiente, se hubiera cortado un brazo antes de privarse de la conexión con su divinidad. Con santuarios a lo largo y lo ancho del videojuego, La Gran Serpiente era la deidad más popular entre los Indios, a la que se le ofrendaban trofeos obtenidos en los malones. A cambio de esta ofrenda, La Gran Serpiente cumplía «favores» (que, en general, eran protección en la guerra o la capacidad de matar más y con mayor truculencia). De manera semejante, los Cristianos veneraban al Soldado Bueno, un santo que los protegía de los malones y al que prendían velas para que los Indios desaparecieran para siempre de la Tierra.

Las normas de ambas religiones eran muy estrictas. Los niños se conectaban puntualmente para rezar a las doce del mediodía y a las doce de la noche, en dirección al punto cardinal donde se hallara el santuario más cercano. Además, debían prender todos los días doce velas a su deidad, velas «sagradas» que solamente se conseguían en la tienda oficial del videojuego. Cabe aclarar que si bien cada vela costaba tan solo doce pesos, multiplicadas por los dos rezos diarios, por todos los días del mes, sumadas a los diezmos, que aumentaban el nivel de fe del jugador, además de las donaciones para ampliar santuarios y templos, el culto costaba su considerable peculio, que si encima se sumaba al ya exorbitante precio de la consola y el videojuego y sus extensiones, terminaba siendo un dineral. Pero los niños se volvían pequeños extremistas de su fe, y no les importaba robar (si su familia no les suministraba voluntariamente los recursos) con tal de rendir culto a su ídolo. El Dulce, un fanático recalcitrante de La Gran Serpiente y de los estrictos ejercicios que imponía su fe, no sentía ningún remordimiento por robarle mercadería a su hermano. Tampoco lo mortificaba saber que estos mínimos aunque constantes pungueos lo habían sepultado en la ruina. Habría empalado a su hermano en la puerta de su casa (fantaseaba) si el culto de La Gran Serpiente lo hubiera exigido. Porque nada era tan importante para él como La Gran Serpiente, su gran fe en *Cristianos vs. Indios 2*.

El Dulce reinició el rezo que su hermano había interrumpido y concluyó la oración (que leía de una estampita, con pequeñas variaciones para que aplicara a su actual situación):

—¡Oh, Gran Serpiente! Te pido humildemente se cumpla por tu intermedio el milagro que te pido: dame una buena conexión, ayudame a que no se trabe mi consola en el cumplimiento del deber. Emprenderé el malón con valentía y exterminaré a los Cristianos. Los voy a desollar vivos, los mutilaré y violaré. Quemaremos sus santos, ofenderemos su cultura y robaremos sus bienes, para que paguen con violencia la violencia que desde hace siglos *(es decir, hacía tres meses, cuando el hermano le había regalado la Pampatone, porque en el tiempo del videojuego cada semana equivalía a cien años)* nos embisten. Y si me das la fuerza y la fortuna necesarias, te prometo que cumpliré mi promesa, y te brindaré mi fiel agradecimiento, peregrinando a tus majestuosos santuarios VIP en Júpiter y la Antártida. Y allí, ¡oh, Sagrada Serpiente!, te pagaré el diezmo que mereces —concluyó el Dulce.

Después, prendió doce velas, depositó unos cachos de carne sangrientos (presumiblemente de un cadáver de Cristiano) y se persignó doce veces con el símbolo circular de la Serpiente.

Hay que decir que, efectivamente, La Gran Serpiente cumplió su milagro. Esa misma tarde, pese al nivel de datos que normalmente *Cristianos vs. Indios 2* exigía y que hubieran colapsado la precaria Pampatone, el Dulce irrumpió con doce Indios a Guaminí, el pueblo que ya tantas veces sin éxito había atacado. El Dulce (con una saña pocas veces vista) prendió fuego a casas, desolló, violó, mató, y hasta sodomizó como era su fetiche al cura con un pesado crucifijo de plata. Y su conexión nunca se trabó. Regresó sano y salvo a la toldería, embarrado de sangre que no era suya, cargado con un saco de tesoros que ahora le pertenecían, bajo la desorbitada noche decimonónica de la llanura. Iluminado por los astros que colgaban del cielo como suculentas pelotas de grasa animal, el Dulce dispensó filiales reverencias a su diosa. Se persignó doce veces con el símbolo circular de La Gran Serpiente y, mientras contemplaba embelesado el espectáculo chisporroteante de galaxias y estrellas que constelaban el cielo (naturalmente, debido al esmog, ese tipo de avistamientos eran imposibles en la Victorica del año 2272), decidió que ese mismo día (después del rezo de las doce de la noche) cumpliría su sagrada promesa: emprender la peregrinación al santuario en la Antártida de La Gran Serpiente, ubicado exactamente en el polo magnético de la Tierra.

Se fue junto a otros doce Indios igualmente iniciados en la fe, e igualmente ignorantes, como él, de la geografía y la temperatura que allí reinaban en el siglo XIX. Esta ignorancia, de más está aclarar, los hizo incurrir en garrafales errores. Para empezar, ni siquiera se les ocurrió abrigarse, sino que emprendieron la aventura al continente más helado así como estaban, en taparrabos. Claro, es que habiendo vivido toda su vida bajo las ardientes temperaturas que dominaban la Tierra en el año 2272, ni por asomo sospechaban qué cosa era el frío, ni que este había gobernado de manera implacable la Antártida durante milenios, ni mucho menos que sus efectos eran terribles y potencialmente letales sobre el cuerpo mal abrigado. Por otro lado, como ignoraban también la historia de las expediciones a la Antártida y sus aciertos y fracasos, llevaron caballos en vez de perros como animales de carga, error que también los condenó. Se sabe que, en la carrera que entre los años 1898 y 1922 disputaron el Imperio Británico y Noruega por la conquista del helado continente, representados respectivamente por Scott y Amundsen, la diferencia fundamental que sacaron los noruegos fue justamente que trasladaron perros en vez de caballos para arrastrar los trineos. La ventaja de estos animales al lado de los equinos era por un lado que resistían mucho mejor el frío (los caballos de la travesía de Scott, en efecto, fueron muriendo de frío uno tras otro), y por otro que no solo comían mucho menos, sino que al comer carne podían cazar lo que encontraran por el camino (focas, pingüinos, o incluso comerse a otros perros moribundos). Para los caballos, en cambio, que comen heno, era necesario llevar alimento extra y volver así más pesado el trineo y penoso el viaje. Además, por ser más ligeros, los perros sorteaban mejor las trampas de nieve fresca, mientras que los caballos se hundían y morían congelados.

Sin embargo, nada de esto sabían el Dulce y su tropilla de Indios. Tras largas horas de viaje, la embarcación los dejó con sus trineos y caballos en la Bahía de las Ballenas, al comienzo de la barrera de hielo de Ross. Hacía la increíble temperatura de -89,2 °C. Por si fuera poco, una implacable tormenta huracanada de hielo que impactaba como piedras contra la piel desnuda impedía la visión a más de dos metros. Los caballos, ariscos por la violencia del viento helado, no querían avanzar, y habían clavado sus cascos en el hielo. Pero al Dulce, al descargar, nada de esto le importó. Se sumió en un mundo desconocido y desorbitante, algo que jamás había visto. Soplaban cortantes vientos polares que primero tajeaban la piel y después la adormecían, y todo era de un color inédito y enceguecedor.

¡La nieve! La blancura unánime y sin límite borraba todo efecto de distancia y proporción, y suscitaba en quien lo viera la confusión geométrica de un espacio sin dimensiones, vacío como una fantasía metafísica. Para conjurar ese espejismo, el Dulce pataleó, saltó, se lanzó sobre el suelo nevado y armó un angelito con piernas y brazos. Después corrió, se agachó, agarró un puñado de nieve, la compactó y la lanzó. Agarró otro poco de nieve y la palpó con la fascinación que solo produce el descubrimiento de una experiencia sensorial nueva y se la llevó a la boca. Si bien en la Pampatone (por su defectuosa factura) no se sentían los sabores, y los guantes de realidad virtual no permitían distinguir temperaturas frías o calientes, pudo imaginar con una vivacidad única (naturalmente imaginada) la textura y el sabor de esta materia. La creyó, para empezar, caliente, aunque suave como el algodón y cremosa como la leche. Se la frotó con deleite por la boca y se agachó para agarrar más, cuando comprobó con horror que un pie se le había hinchado y ennegrecido. Parecía una gorda morcilla a punto de explotar. Sin embargo, tan fascinado estaba por tantas nuevas sensaciones y por el inminente encuentro con el santuario de La Gran Serpiente, que ignoró el estado cadavérico de su extremidad. La euforia le dio fuerza para avanzar por la inclemente tormenta arrastrando el pie congelado.

Mientras tanto, los caballos también sufrían bajas. Ignorantes del terreno, sus cuartillas se lastimaban contra los sastrugi, pinches de hielo característicos de la Antártida, que durante siglos esculpen perfectamente los vientos en el suelo virgen. Así, al avanzar y tajearse, las patas de los caballos se embarraban en una mermelada espesa de sangre y hielo, y la humedad rápidamente aceleraba la congelación, que los hacía caer rendidos a la muerte. Y los Indios, resignados, no tenían otro remedio que abandonar los trineos cargados de agua y comida que habían dejado los animales fenecidos.

Siguieron avanzando, y al poco rato de caminar, más que caminar, renguear, el Dulce se tropezó con un sastrugi y cayó de bruces contra el hielo. Uno de los Indios lo examinó y le comunicó gravemente:

—Dulce, el pie derecho sufrió congelamiento. Hay que amputar.

Le serrucharon la pierna, le improvisaron un bastón con una lanza y siguieron avanzando. Pero al poco rato, la misma suerte sufrió su mano, que parecía la garra putrefacta de un animal en inmundo proceso de descomposición.

—Dulce, se te jodió el garfio.

El Dulce contempló con espanto la tumefacta mano muerta, que era suya pero ya no le obedecía, como si le hubieran injertado la extremidad de un pútrido cadáver obeso. Como no le gustaba depender de otros, agarró él mismo el serrucho y se amputó todo el brazo. Hay que decir que su hermano, que justo estaba por salir de la casa, lo encontró frente a la pantalla del videojuego emprendiendo esta ardua tarea. Serruchando hacia atrás y hacia delante, con esfuerzo y constancia, sin cesar, con tanta concentración que el hermano imaginó (porque ni puta idea tenía de qué trataba *Cristianos vs. Indios*) que el Dulce jugaba a que era albañil o carpintero, o incluso hasta ingeniero. Y sintió un poco de pena por su hermano menor jugando a la actualización que deseaba de su potencia, aún demasiado pequeño para saber que el futuro no existe, y mucho menos para un paupérrimo niño de un pueblo condenado a la enfermedad y a la ruina como era Victorica. Viendo en su hermano un reflejo de su propia y futura desilusión, que fue descubrir que todo se trata de aguantar y sobrevivir, y que no hay lugar para los sueños de los niños en un tiempo devastado como el nuestro, le acarició con pena la cabeza, y concluyó que un niño tan bueno y lleno de sueños como era su hermano que deseaba ser ingeniero no podría haberle robado jamás la piedrita. Se despidió sin que el otro lo escuchara y se fue de la casa para siempre, a probar suerte al Caribe Antártico, abandonando a su madre y a su hermano como ya había hecho su padre con él y todos ellos antes.

Pero el Dulce nada de esto supo, ya que, abocado a la supervivencia extrema en la gélida Antártida de siglo XIX, avanzaba como podía con su bastón, sin una pierna ni un brazo. Seis caballos ya habían muerto de frío, y los que restaban, estoicos, empujaban agonizantes el trineo con los últimos suministros.

–¡Avancen, carajo, avancen! –gritaba con impotencia el Dulce mientras los reventaba a fustazos, pero los pobres equinos, con los cascos cubiertos de grueso y rígido hielo, se rendían al severo termómetro de la muerte.

Y, tras unas horas de lento arrastrarse bajo la implacable borrasca huracanada de nieve, el Dulce cayó de vuelta de cara contra el piso helado. Un Indio le cantó gravemente:

–Dulce, tus extremidades izquierdas no aguantan más. También hay que amputar.

Y acto seguido (ya que ya no podía él mismo) le serrucharon la pierna y el brazo izquierdos, y el Dulce, reducido nada más que a su torso, reptó como un terco gusano por el hielo, en lenta aunque persistente locomoción hacia delante.

Parecía no haber más esperanzas para el pobre Dulce. Todavía faltaban cientos de kilómetros para llegar al santuario, y él en aquel estado, mutilado y cadavérico. Un muñoncito, reptando como gusano o sanguijuela o acaso una oruga. Pero fue en ese instante de anélido en la nieve, ya sin apéndices, en que el Dulce recibió la señal.

El número doce, la hora reglamentaria en que se rezaba al amanecer y al crepúsculo; el número doce, la cantidad de velas que se ofrendaban a La Gran Serpiente y doce pesos, el precio de las velas en la tienda del videojuego; el número doce, la serie de repeticiones del símbolo circular de La Gran Serpiente al persignarse; el número doce, la cifra de Indios que podían acompañarlo a su expedición. El doce, guarismo sagrado en los arcanos de La Gran Serpiente, era «el número exacto de letras que posee su Nombre». Sin embargo, esta Verdad de la Grafía fue vedada por siempre a los sabios de la fe, y considerada una aporía sin solución, ya que la cantidad de letras de «La Gran Serpiente» era quince (o trece, si se restaba el artículo) y por eso nadie había resuelto el misterio durante los siglos de los siglos (es decir, hacía seis meses, cuando había salido a la venta la extensión de *Cristianos vs. Indios 2).*

Hasta ahora.

Porque doce letras tenía la verdad primigenia que el Dulce había recibido por telepatía de la piedrita robada a su hermano. Piedrita telepática de la Antártida cuyos auspicios terribles provenían de inmemoriales tiempos geológicos, cuando en la Tierra ni lo humano ni nada de lo biológico existían, y ni el ser y el no ser y ni lo vivo y lo no vivo podían distinguirse, sino que se cifraban en un primigenio enjambre cósmico de previda.

La Gran Anarca.

Entonces, el pequeño bribón entendió lo que había

que hacer. Se sacó el precario casco de la Pampatone y miró el reloj: las doce en punto en Victorica. Salió por la puerta hacia el basurero frente a su casa, dispuesto a robar la piedrita telepática que el hermético cerco sanitario de militares, tanques y helicópteros patrullaban.

En efecto, había que estar loco para pretender desafiar, a plena luz del día, la rígida seguridad que vigilaba la piedrita. Se decía que varios rateros, embriagados por el rumor de los superpoderes que la piedrita supuestamente infligía, habían intentado, sin éxito, robarla, acribillados por el plomo militar. Por eso, por las noches, se multiplicaba la frecuencia de las patrullas, tanques y gendarmes. Pero se relajaba justamente a eso de las doce del mediodía, porque los milicos consideraban que no existía nadie tan desquiciado como para intentar robarla a esas horas del día. Y mucho, muchísimo menos, claro está, un niño de doce años. Por eso fue que, cuando el Dulce cruzó la vereda de su casa y pasó entre los pocos gendarmes que quedaban a esa hora, estos lo saludaron con una cómplice sonrisa, y nadie se tomó el trabajo de mirarlo mientras transgredía gradualmente los cordones de máxima seguridad del cerco, hasta llegar al punto exacto donde descansaba, brillante y verdosa, la piedrita, junto a un militar que lo vio pasar y, sin prestarle atención, se distrajo con su celular. Y, como quien no quiere la cosa, el Dulce se la guardó en su bolsillo y regresó apaciblemente a su casa.

El niño cerró la puerta, respiró bien hondo y, preparándose para el momento definitivo que estaba por vivir, no le tembló el pulso cuando removió las baterías de la Pampatone y, en su lugar, incrustó con violencia la irregular y trémula piedrita, que latía como el corazón recién arrancado de un cuerpo sacrificial. Cerró la tapa de la consola con la piedra telepática adentro. Se volvió a conectar.

Y lo que pasó a partir de allí fue inexplicable.

Porque el Dulce, pese a haberse transformado en un desamparado torso sin miembros, reptó bajo la nieve a través de los cortantes sastrugis. Se arrastró sin fatiga por los interminables kilómetros que faltaban hacia el polo magnético de la Tierra y, al llegar, agachó la cabeza ante el imponente santuario dodecagonal de La Gran Anarca. Y a partir de ese momento todos los momentos de la Tierra se confundieron en un instante de anarquía primigenia, y ya no se pudo distinguir el siglo XXIII del XIX, ni Victorica de la congelada Antártida, ni el Caribe Pampeano de la infinita y vertiginosa llanura decimonónica. Porque las doce letras de La Gran Serpiente, cuyo nombre secreto era La Gran Anarca, habían confundido la magia rigurosa del videojuego con el rigor mágico de la realidad. Y ya no se pudo separar nunca más el tiempo, ni los siglos de las horas, ni las horas de los días, que sucumbieron al enjambre cósmico de la previda.

LA ENVENENADA DENGUE

¿Quiere decir que se murió? Despatarrada en esa extraña superficie blanca bajo el inclemente sol antártico, la envenenada dengue vio todo en menos de un segundo. ¿Qué puede repasar de su vida en breves instantes un niño, una niña, una nada envenenada, cuando cree que va a morir? Uno pensaría que habría de evocar a su amada madre, lamentarse por el padre que nunca conoció, o bien recordar alguna anécdota graciosa o traumática con sus compañeritos de escuela. A decir verdad, en su breve errancia por la Tierra, no había ocurrido mucho más. Sin embargo (porque por eso es inesperada y misteriosa la mente, y aún más si es la de una mosquito mutante), la envenenada dengue no pensó en ninguna de esas personas, sino en una historia que su madre le contaba antes de dormir, la de Blancanieves y los siete enanitos. Podía recordar el comienzo de memoria:

«Durante una helada y ventosa noche de invierno, érase una reina. Esta reina, mientras tejía junto a la ventana, veía nevar. Por la ventana, los copos de nieve caían lenta y rítmicamente en desorden, como plumas de una almohada infinita. Y mirando nevar, embelesada, la reina se pinchó por accidente un dedo con la aguja. Tres gotas de sangre cayeron sobre la nieve. Y la reina pensó: ¡ojalá tuviera una niña tan blanca como la nieve, tan roja como la sangre, tan hermosa como el invierno!»

Este comienzo siempre descolocó al (en ese entonces) niño dengue. Básicamente, porque no entendía la mitad de las palabras: ¿qué carajo eran el *invierno,* qué el *frío,* qué la *nieve,* y por qué causaban tanta fascinación?

Una hija tan deseada como la *nieve,* tan hermosa como el *invierno...*

El misterio de esos vocablos cuyo sentido se evaporaba lo introdujo en una sospecha aún mayor: ¿será que yo, aberrante niño dengue de coloraturas verdosas y amarronadas, debería ser blanco como la nieve y hermoso como el invierno para que mi mami me quisiera y amara de verdad?

Imposible saberlo. Porque en el futuro en que transcurre esta historia, el frío, el invierno y la nieve habían desaparecido para siempre de la Tierra, y no había manera empírica de experimentar (al menos para un miserable niño de Victorica) sus efectos. Naturalmente su madre, que también había vivido toda su penosa vida en Victorica, no podía ayudarlo mucho, ya que tampoco había experimentado jamás qué era el frío, ni mucho menos la nieve. Solamente sabía (o intuía de manera tan vehemente que creía saberlo) que la nieve era suave y hermosa, y que de ese color y agradable textura era la piel de los niños hermosos, a diferencia de su hijo el dengue, cuya epidermis era vellosa, áspera y verdeamarronada.

Por eso el niño dengue, como una especie de cabalista rabínico, se convenció de que, si accedía al sentido sibilino de *frío, invierno* y *nieve,* abriría el cofre sagrado de sus arcanos, el secreto de cómo obtener el afecto de su madre.

¡Porque nada deseaba más el insecto que ser blanco como la nieve, hermoso como el invierno y amado por su madre!

La sed por alcanzar la materia enigmática que estas palabras ocultaban, *frío, invierno, nieve,* se apoderó del pobre insecto, y fatigó cuanto diccionario y enciclopedia encontró sobre estos misterios. Leyó una y otra vez las definiciones:

Invierno. *Nombre masculino. Desuso.* Extinguida estación del año terrestre comprendida antiguamente entre los también extintos otoño y primavera.
Ej.: «El invierno era el momento más frío del año.»
Frío. *Nombre masculino. Desuso.* Sensación corporal de bajas temperaturas, característica del antiguo invierno.
Ej.: «Hacía frío en invierno, y más si había nieve.»
Nieve. *Nombre femenino.* Precipitación en forma de pequeños cristales de hielo provenientes de la congelación de partículas de agua a temperaturas inferiores a 0 °C, que antiguamente ocurría en el invierno terrestre, y que aún ocurre en otros planetas o por medios artificiales en la Tierra.
Ej.: «¡Cuánta nieve había en invierno!»

El pobre niño releyó y volvió a releer las definiciones, pero, para su gran pesar, no entendió nada. ¿Sería porque (como le achacaban sus compañeritos de la escuela) era medio pelotudo? *Invierno, frío, nieve.* Tan solo palabras. ¡Palabras! Y peor aún, explicadas por otras cuyas definiciones resultaban aún más vagas e imprecisas.

In-vier-no, frí-o, nie-ve.

Herméticos jeroglíficos que el niño paladeaba sílaba por sílaba, con la ilusión de que así no se evaporara la carne que alguna vez su piel sonora retuvo. Pero, sustraídas del sentido que las había insuflado de vida, apenas conservaban una rítmica carcasa hueca.

In-vier-no, frí-o, nie-ve.

¡Fenómenos atmosféricos que durante milenios tantos humanos y especies habían padecido y vivido, y que ahora solo eran un misterio planetario, prosa conjetural de los fósiles, escritura vacía de las aguas y los suelos, firma geológica de la nada!

La única estación que el Caribe Pampeano y el Antártico conocían era el verano, ardiente, llano y homogéneo. Por eso la nada dengue, con el cuerpo aún entumecido por el veneno, cuando creyó que iba a morir y vio una gota de su sangre (en rigor, de la sangre succionada a mansalva a niños y oficinistas de Victorica), cuando vio esa sangre, decíamos, correr por la superficie blanca y enigmática en donde había caído, se acordó de que la nieve era blanca, e inmediatamente evocó el comienzo de la historia que su madre le contaba, la entrañable fábula de Blancanieves y sus siete enanitos.

Y, en efecto, tan errada no estaba la que creyó su última memoria, ya que su cuerpo envenenado había aterrizado en la pista de patinaje sobre hielo del Gran Crucero del Invierno, la emblemática compañía de cruceros que recorrían las costas del Caribe Antártico recreando para sus visitantes la fría estación que había desaparecido del planeta y su materia más elemental: la nieve, los glaciares y los icebergs. En esos cruceros de lujo motorizados por la geoingeniería punta de AIS, los turistas podían experimentar en carne propia los placeres únicos del invierno, entre los que se incluía una de sus mayores atracciones, ¡la pista de patinaje sobre hielo más grande del planeta!

Y ahí era en efecto donde la moribunda dengue se había estrellado, arruinando el ocio de los veraneantes. Cabe reconstruir el escenario instantes antes de su abrupto descenso: en esta imponente placa de hielo de treintaisiete metros de largo por diecisiete de ancho que coronaba la terraza del crucero de veinte pisos con vista directa al prístino y ardiente mar, los visitantes se apiñaban para probar una experiencia única y que posiblemente por primera vez vivieran. Era nada menos que un viaje en el tiempo a otro eón geológico, ya que estos espectaculares paisajes no existían de manera natural en ninguna otra parte de la Tierra. Por eso, la fascinación no era solamente patinar con el andar inconfundible y elegante de los patines de hielo sobre un manto helado, sino además hacerlo a temperaturas bajo cero, dado que el ambiente donde se había instalado la pista recreaba la atmósfera del crudo invierno de la vieja y ya inundada Nueva York. Y encima, era Navidad, la época más concurrida y anhelada por el turismo internacional. Así, mientras sonaban los villancicos, los turistas con sus pesados abrigos se movían fascinados como cisnes en una *terra incognita,* que era ese cuadrado blanco cuya temperatura se sostenía por el esfuerzo hercúleo de poderosísimas máquinas frigoríficas, superficie de hielo artificial, decíamos, coronada por banderines de todos los países previos al Gran Deshielo, en frente de los cuales se erguía una monumental estatua de oro puro de Prometeo robando el fuego a los dioses, ya que la pista imitaba nada menos que la ya desaparecida del Rockefeller Center, de la también desaparecida bajo el agua Nueva York. Pero claro, tan astuto había sido el escultor comisionado por el crucero, que había reemplazado la llama de la diestra de Prometeo por un enorme bloque de hielo puro, que el titán robaba del barranco planetario del tiempo para que estos acaudalados turistas recobraran (en lo que duraba el crucero) una era geológica eclipsada para siempre de la Tierra: el Holoceno.

Y ese era, de hecho, el lema del crucero: *12000 años de historia en un solo lugar*, Gran Crucero del Invierno, puesto que la compañía prometía la recreación exacta de esa perdida era planetaria, el Holoceno, en la que el invierno tal como la humanidad lo había conocido nació y murió. Así, la «hibernación» (como la empresa llamaba en sus publicidades a la experiencia del crucero) se desarrollaba desde los pisos de abajo hacia arriba, que narraban de manera ascendente los doce mil años de historia del invierno. La propuesta curatorial empezaba en el subsuelo del barco, donde se recreaba el fin del Pleistoceno en un enorme frigorífico con mamuts y mastodontes robóticos, y en el que el juego apto para toda la familia era prender un fuego con palos y piedras antes de que los prehistóricos mamíferos atacaran. Después, los niveles ulteriores ofrecían variadas experiencias del invierno holocénico: entre las históricas se encontraban invadir con un barco vikingo ciudades escandinavas donde se podía matar, saquear y violar, o bien cruzar los Andes con el caballo blanco de San Martín, mientras que en los pisos de entretenimientos generales había pistas de esquí, cámaras de frío en las que se recreaban con rayos láser la aurora boreal y la astral, y otras donde experimentar las distintas precipitaciones de agua que ocurrían durante el invierno: nieve, granizo, neviza, aguanieve, además de un enorme iglú con cine al aire libre, casino, spa, carrusel, bar de cócteles y un restorán de sushi y BBQ, entre otras atracciones de la «hibernación» que las publicidades del crucero aseguraban recrear a la perfección. Las antiguas y gélidas delicias del hielo, la nieve, el frío, eran un auténtico tesoro de los dioses, hurtado por Prometeo mismo solo para quien visitara el Gran Crucero del Invierno: verdadero paraíso en donde se accedía a un arcano tan maravilloso como perdido, y los patinadores se deslizaban por la pista en un clima de júbilo puro, que los villancicos también propiciaban, y la gente estallaba en carcajadas, bailaba, se reía y se miraba con las sonrisas más cómplices y sinceras. Una verdadera fiesta inolvidable que quedaría para siempre grabada en las retinas de los turistas, un auténtico sueño, si no fuera porque el violento y abrupto aterrizaje del mosco sobre la pista arruinaría todo. La nada dengue cayó precipitada y destrozó un pedazo de la costosísima superficie frigorífica. Se encendieron las ruidosas alarmas, y los gritos y el pánico transformaron el carnaval en esperpento fúnebre. Los patinadores, aterrados ante el avistamiento de tan horrendo mosco, se apiñaron en estampida hacia la salida, y como los patines entorpecían el movimiento ágil y apresurado de los pies, muchos tropezaban y después eran pisados por las cuchillas de los que huían desesperados. Y, curiosamente, el asordinado crujir de los cráneos pisoteados contra el manto helado se confundía en el restorán de la terraza con el masticar camarón frito de los clientes (era el plato del día) y hubo quien protestó que había un maleducado masticando con la boca abierta. Pero cuestión que gracias al protocolo de emergencia que se ensayaba en el primer día del crucero, rápidamente primó la razón. Los patinadores que llegaron vivos a la salida se ordenaron en fila y, siguiendo las instrucciones de los parlantes, fueron evacuados de manera ejemplar. Solo hubo que lamentar, como decíamos, la muerte de una decena de turistas aplastados al comienzo de la evacuación por la turba aterrada. Y la pálida de que un horrendo mosco arruinara la jubilosa tarde, y que la inolvidable fiesta navideña virara en una fantasmal y triste pista abandonada.

Y mientras tanto los evacuados habían vuelto a sus habitaciones o comían camarones fritos en el bar encima de la pista esperando a que el personal de limpieza barriera al horrendo intruso y a los turistas fallecidos para seguir patinando. Y la nada dengue, en ese estado agonizante, pudo escuchar a dos hombres que, ya evacuados, contemplaban con irritación desde el bar con vistas a la pista al insecto que allí yacía, y que había interrumpido su ensoñado patinar. Los turistas bebían unos whiskies a las rocas (con hielo que ellos mismos picaban del pedazo de glaciar que sostenía la estatua de Prometeo) y conversaban sobre el monstruoso mosco:

–Parece que es el cuarto que cae en una semana –dijo uno, para «romper el hielo».

–A fines del siglo XXII, cuando yo era chico –le contestó el otro, que ya peinaba canas–, los mosquitos eran una porquería que no superaba el tamaño de un puño. Jodían, sí, pero de un manotazo los exterminabas. Después, con la desaparición de otras especies voladoras y la expansión del clima tropical a toda la Tierra, se adaptaron y, por la falta de competencia y depredadores naturales, crecieron vertiginosamente. Ahora, con suerte, los más chicos son del tamaño de un pollo de granja. Pero hay algunos, adictos insaciables a la sangre humana, que alcanzan el tamaño de enormes y nauseabundos puercos. ¡Parásitos monstruosos y vampíricos, que viven del sistema sanguíneo ajeno! Por más que los revientes a chancletazos no mueren, y hay que rematarlos de un tiro en la cabeza. Y encima, después, el enchastre que dejan: un pantano fétido de sangre barrosa y maloliente. Que es la cruza putrefacta de cientos de litros de sangre mestiza de quién sabe cuánta gente. Ahora llegan como plaga del Caribe Pampeano. Y yo, que conozco la región por algunos negocios que tengo, siempre digo cuál es la solución: poner una bomba atómica en Sudamérica y empezar de cero. Porque en esos prehistóricos ranchos donde viven, llenos de barro y mierda, se incuban los más brutales mutantes. Y si los infectan a ellos, que se jodan por mugrientos. Pero después se reproducen como los moscos que son, y somos nosotros los que pagamos el precio. Por suerte, avisaron que este llegó ya medio muertito, y ahora en menos de diez minutos lo retiran las chicas de limpieza.

En efecto, la envenenada dengue, en su estado mortuorio, vio cómo unas mujeres se acercaban y, con palas y guantes, la levantaban y colocaban en un enorme tacho de basura con ruedidas. Pero apenas la alzaron, se removió un pestilente y estancado tufo que casi las tumba.

—¡Qué olor a culo podrido! —protestó una de las empleadas para humillación de la envenenada dengue.

Es que el veneno había roído su piel abdominal hasta cavar pequeños hoyos, y la mescolanza de sangres de sus víctimas manaba y por efecto del calor se pegoteaba en un inmundísimo almíbar verdaderamente nauseabundo y putrefacto. Por eso las mujeres, mientras se tapaban la nariz con una mano, hacían esfuerzo con la otra por meter a la dengue en el tacho, y como el tacho no era lo suficientemente grande para la hinchada fisionomía de la envenenada, su cabeza quedó afuera, y vio entonces cómo la sacaban de la pista y llevaban a interiores. Fue una pena que la envenenada dengue, tan obsesionada en su niñez por los fenómenos atmosféricos del invierno, no hubiera apreciado con mayor lucidez los espectáculos invernales que recorrió casi moribunda desde el tacho. Porque, aún bajo los efectos del veneno (que empezaba a ceder, pero todavía nublaba su visión), no advirtió que el carrito pasaba por la sala que recreaba una implacable tormenta antártica de nieve, y después ingresaba por los altos corredores polares de la Gran Galería de Icebergs, un enorme ambiente de lagos congelados donde yacían auténticos fragmentos de témpanos de Groenlandia y de la Antártida. Es que este crucero era célebre por albergar una de las colecciones más grandes de fragmentos originales de iceberg, los cuales, naturalmente, cuando los cascos polares se derritieron por completo, pasaron a costar fortunas. Así, la cotización del kilo de iceberg se había vuelto motivo de alta especulación financiera, y un patrón de valor tan decisivo en la economía como otrora lo fueron el petróleo o el oro. Sus acciones participaban de los paquetes más selectos de las bolsas de virofinanzas, mientras que los efectivos y últimos restos materiales de su deshielo eran disputados por ávidos coleccionistas, desesperados por adquirir los póstumos hielos y atesorarlos en cámaras frigoríficas acondicionadas como lujosas galerías. Se fundaron museos perfectamente equipados para exhibir especialmente estas piezas, y el Gran Crucero del Invierno, como decíamos, no fue la excepción, ya que albergaba una de las colecciones de fragmentos de icebergs más grandes de la Tierra. Por esta sala, entonces, condujeron a la envenenada dengue, que por su estado lamentable no pudo leer las placas que describían a estos monstruosos bloques. Parecía el obituario de un planeta que, fuera de las mágicas máquinas frigoríficas del crucero, ya no existía:

>Fragmento del glaciar Perito Moreno (12.901 mg)
>Fragmento del glaciar Sólheimajökull (537 mg)
>Fragmento del glaciar Vinciguerra (734 mg)
>Fragmento del glaciar Vespignani (8.973 mg)
>Fragmento del glaciar Lambert (121 mg)
>Fragmento del glaciar Amundsen (4.589 mg)
>Fragmento del glaciar Aviator (3.920 mg)
>Fragmento del glaciar Beardmore (54.120 mg)

Fragmento del glaciar Erebus (200 mg)
Fragmento del glaciar Fisher (78.430 mg)
Fragmento del glaciar Greenwell (127.390 mg)
Fragmento del glaciar Nimrod (6.702 mg)
Fragmento del glaciar Júpiter (35.012 mg)
Fragmento del glaciar Mariner (5.016 mg)
Fragmento del glaciar Recovery (320 mg)
Fragmento del glaciar Reedy (90.672 mg)
Fragmento del glaciar Rennick (1.924 mg)
Fragmento del glaciar Scott (8.026 mg)
Fragmento del glaciar Slessor (20.376 mg)
Fragmento del glaciar Smith (34.028 mg)
Fragmento del glaciar Tuckler (99.673 mg)
Fragmento del glaciar Veststraumen (78.345 mg)
Fragmento del glaciar Wetmore (90.373 mg)

¡Eran nada menos que las últimas ruinas del imperio geológico que había enfriado y regulado la Tierra durante cientos de miles de años, escombros de hielo cotizados en billones y billones!

¡Ángeles planetarios de una era perdida, últimos testimonios helados de que algo, alguna vez, se llamó iceberg, de que algo, alguna vez, fue el invierno!

Era verdaderamente imponente pasar por la Gran Galería de Icebergs y no sentir el peso súbito de la infancia del mundo. Un relicario de verdaderas joyas planetarias, que ya eran en su mayoría agua indistinta con otras aguas, y cuyas edades juntas era mayor que la de toda la humanidad entera. Y pese a su enorme tamaño, eran en realidad más grandes de lo que aparentaban, ya que, con una característica tan elogiada por la literatura, el 90 % de su superficie yacía bajo el agua. Es decir, que lo que acontecía en un segundo plano bajo el lago congelado era imposible de saber. Pero de nada de esto se enteró la envenenada dengue, ni del 10% visible ni del 90% invisible, sino que con la misma aturdida inconsciencia pasó de esta sala a la que recreaba distintos fenómenos atmosféricos producto de los glaciares: drumlins, fiordos y, por último, una de las salas más requeridas, la que albergaba un *Titanic* en miniatura (con butacas para treinta visitantes) ¡donde se experimentaba a perfecta escala la estadía en sus elegantes camarotes, las fiestas de lujo en sus pomposos salones, su posterior choque con el iceberg, el hundimiento y naufragio en balsa por aguas heladas! Pero a la envenenada nada dengue, como decíamos, desde su envenenada nebulosa, nada le significó. Porque pasaron por otras galerías y escenarios del extinto invierno terrestre, y por entrar finalmente a la zona de residuos estaban, cuando sonaron a todo volumen las alarmas de emergencia del crucero. La peste que hacía pocas horas había desembarcado en las costas de Pinamar Antártico, por fin, alcanzaba al crucero.

–¡Alerta! ¡Alerta! ¡Todo el mundo a sus camarotes!

–¡Alerta roja! ¡Alerta roja! ¡Una invasión de mosquitos! ¡Alerta roja! ¡La nueva cepa pampeana!

Era el nuevo virus del dengue que llegaba en nube bíblica a destrozarlo todo. Desde la terraza del barco se escucharon gritos desahuciados y agónicos, evidentemente de los que caían ya por el efecto instantáneo del virus. Y acaso fue ese barullo y ese apestoso aroma lo que despertó sus más bajos instintos, porque abruptamente la envenenada dengue se desenvenenó. En el corto viaje prefijístico de envenenada a nada, la nada dengue se levantó con brusquedad de su letargo Y, al espabilarse, finalizó con abrupta lucidez el que había creído su recuerdo final, el de Blancanieves y sus siete enanitos. Volvió a recordar:

«Y la reina pensó: ¡Ojalá tuviera una niña tan blanca como la nieve, tan hermosa como el invierno, tan roja como la sangre!»

La nada dengue (en un giro impensado que reinterpretó toda su vida) concluyó que esa niña no era deseada porque fuera blanca (como la nieve), ni hermosa (como el invierno). Si la madre deseaba con furor a esa hija era porque estaba embarrada de inmunda sangre mamífera.

¡Una hija parasitaria y vampírica que succionaba hasta la última gota!

¡Como sus hijos, que a su rescate acudían!

Entonces, emocionada por el reencuentro con su prole, la nada dengue levantó vuelo del tacho de basura y allí los vio, ¿pero cómo narrar ese encuentro con la sintaxis del castellano: humano, demasiado humano castellano, que declina los nombres en singular o plural pero desconoce otras asociaciones de los números y los cuerpos? Porque sus hijos, en una estampida tan compacta que había cobrado la forma de una nube, arrastraron todo lo que encontraron a su paso. Tras exterminar a cuanto turista y empleado se cruzaron en la cubierta, procedieron a las distintas salas, pisos y subsuelos, pero fue cuando picaron a los técnicos que controlaban las salas eléctricas y estos cayeron epilépticos sobre los tableros de control, modificando todas las variables de temperatura y humedad, que los costosísimos glaciares rápidamente empezaron a derretirse, los mamuts y mastodontes a pudrirse, San Martín entró en cortocircuito y su bicornio y pechera se prendieron fuego. A los vikingos les ocurrió lo mismo con sus barbas y capones de piel de oso, la pista de hielo se deshizo en una pileta rosada que mezclaba el agua derretida con la sangre de los caídos, mientras los villancicos que salían de parlantes que también flotaban en el agua viraron en un atonal y aterrador bramido geológico, y así, en efecto dominó, todas las atracciones del crucero sucumbieron a la implacable temperatura ambiente del Caribe Antártico, en un viaje instantáneo desde hace doce mil años en el Holoceno al siglo XXIII, por efecto de la anárquica cueva del tiempo que la nube dengue ponía a funcionar o a hacer que nada funcione más.

Mientras tanto, los mosquitos continuaban su pernicioso avance de caos y descontrol. Eran imparables. Eran cientos. Eran miles. Pero eran una. Una nube. Una nube zumbante y precipitada e inútil y acaso descontrolada o palpitante o venenosa como el amor, que había llegado a salvar a la madre envenenada, y haría cagar fuego a los turistas que hasta hacía un momento disfrutaban de un espectáculo único que nadie más podía disfrutar, porque en el futuro en el que transcurre esta historia solamente la gente con guita conocía y gozaba de lo que el planeta ya había perdido. Del frío blanco y del invierno hermoso que ahora se teñían con el color fétido de la inmunda mamífera sangre derramada.

¡Salve, nube dengue!

EL DULCE

Una vez que se volvió a conectar a *Cristianos vs. Indios 2* desde la Pampatone con la piedra telepática en lugar de sus baterías y accedió al nervio medular donde pasado, presente y futuro eran un solo éxtasis y el tiempo una única presencia caótica en la emergencia de ser, el Dulce presenció indistintamente hechos de épocas antiquísimas cuando un caldo de previda sin forma florecía y gobernaba todo, y de otras futurísimas cuando la Tierra sería reconquistada por la gran anarquía primigenia en una gran contienda geológica que no comprendió. Presenció ecosistemas nacer y morir, especies emerger, mutar, reproducirse y adquirir una forma estable y exitosa hasta su extinción definitiva miles de milenios más tarde. Presenció el lento conformarse de los continentes como la furiosa danza de ramitas sobre el agua. Presenció en la duración de un instante episodios cósmicos de millones de años de duración, que desde la perspectiva humana parecen eternos, y que esculpen a los planetas como el viento a la arena. Presenció, en suma, la historia natural de lo vivo y lo no vivo donde la humanidad es menos que un suspiro y justamente por eso apenas reconstruye a través de vagas conjeturas, y, sin embargo, ninguno de estos espectáculos planetarios imposibles para la duración de una vida humana lo impresionó tanto como presenciar en tercera persona el instante exacto de su propia muerte. Sus pantalones caídos bajo un mediodía insoportablemente soleado en cierta playa de Victorica que alguna vez no existió y ciertamente no existirá, y un aberrante mosquito de desproporcionadas dimensiones que lo asaltaría y abriría al medio como a un pollo.

¿Qué? ¿Tan pronto iba a morir?

¿Dentro de unas semanas, justo cuando terminara la escuela?

¡Encima, en la colonia de vacaciones, que tanto anhelaba conocer!

Por esas ironías de la vida, que pone los pensamientos más triviales en los momentos decisivos y que enturbia de nimiedades la biografía de los héroes, solo llegó a lamentarse de que moriría tan joven que ni siquiera llegaría a probar el tierno ano de un ovejín:

—¡Con lo sabroso que se veía! —llegó a lamentar mientras recordaba a sus compañeritos fornicando en el baño de la escuela, pero él y el lamento y el recuerdo de sus compañeritos con súbita violencia sucumbieron a la gran estampa fósil de los diversos éxtasis de la gran anarquía del tiempo cuando, en menos de un segundo, reapareció bruscamente en la Antártida decimonónica del videojuego. Se ve que por fin la piedrita telepática había hecho conexión con el sistema operativo de la Pampatone y lo había devuelto a *Cristianos vs. Indios 2*.

El Dulce, convertido en torpe muñón, reapareció en el santuario dodecagonal de La Gran Serpiente, cuyo nombre secreto es La Gran Anarca, y, al contemplar los símbolos sagrados de su arcano, consideró que las recientes y confusas visiones sin regla de millones de años atrás y adelante en el tiempo eran una especie de milagro que manifestaba el poder y el fervor de su Sagrada Divinidad.

Precisamente por eso, ahora que caía en cuenta de dónde estaba, bajo la tormenta huracanada de la gélida Antártida decimonónica, y frente al santuario que tantos esfuerzos había sufrido por alcanzar, recordó cuál era su objetivo: cumplir, tal como había jurado, su ofrenda a la diosa. Entró arrastrándose por la puerta dodecagonal del santuario. Con un fósforo que colgaba de sus labios y que frotó contra el áspero suelo prendió las doce velas. Depositó (con los dientes, como pudo) en doce cofres el tesoro robado en Guaminí y se persignó (imaginariamente, dado que carecía de brazos) doce veces con el símbolo circular de La Gran Serpiente. Fue recién cuando concluyó sus doce juramentos que divisó incrédulo la austera limpidez del santuario dodecagonal.

En los relatos que permanentemente escuchaba de otros Indios, se narraba la exuberancia de tesoros que los creyentes allí dejaban: montañas de espadas del más fino metal, damajuanas de vino y sacos y sacos de carne cadavérica de Cristiano, entre otras fastuosas atenciones que buscaban la alta aprobación de la diosa. Sin embargo, para su asombro, el santuario estaba vacío: era un enorme y pelado iglú de techo y paredes de hielo, apenas iluminado por algunas velas derretidas a su más ínfima expresión, cuya cera aún tibia se pegoteaba en el pecho del pobre Dulce, quien, reducido a un muñoncito sin brazos ni piernas, se arrastraba como gusano por el suelo. Se decía que, una vez que el fiel alcanzaba el santuario dodecagonal de la diosa y dispensaba allí su ofrenda, debía franquear una de las doce puertas ubicadas en las doce paredes de hielo de la sala principal del santuario. Ya que lo que allí hubiera (un símbolo, un don, el augurio de un bien o una fatalidad) era la misión que La Gran Serpiente encargaba a su fiel.

El Dulce se arrastró en una dirección cualquiera con los ojos cerrados (puesto que pensó que así se cumpliría de manera menos caprichosa su destino) y abrió la puerta que le tocó en suerte. En el centro de ese vacío vestíbulo de hielo lo aguardaba una caja.

Sí, una caja.

Cerrada y misteriosa como las que él mismo traficaba por el Canal Interoceánico de Victorica. Procedió entonces a abrirla con los dientes. No sin dificultad, claro, ya que estaba perfectamente sellada con cintas y precintos y la falta de extremidades prensiles (manos o pies) no le dejaba otra alternativa que sacudirla con la mandíbula cual perro rabioso. Pero lo logró, y cuando terminó de destrozar el cartón y los flejes plásticos, se encontró con una reluciente consola. Tuvo que releer la marca para creerse de verdad que era el último modelo de la Pampatronics, inmaculada, y con ese irresistible brillo y perfume tan característicos de un electrodoméstico sin estrenar. ¿Cómo? ¿La Sagrada Divinidad le había brindado la posibilidad de cumplir su sueño? Sí, sí, era la Pampatronics. ¡La Pampatronics! No la aberrante falsificación china que le había regalado el otario de su hermano sino la original, la Pampatronics, la que fabricaban en la Antártida, Pam-pa-tro-nics, la que soñaba manipular y la que recreaba a la perfección los tiempos pasados y el porvenir de la Tierra.

¡La Pampatronics!

Además, según veía atónito en la cartuchera de la consola, traía instalado su juego más celebrado, ¡nada menos que *La Conquista del Desierto Espacial (Cristianos vs. Indios 4)!* Aventura de realidad virtual en la que distintas corporaciones cristianas interplanetarias, tras la extinción definitiva de los Indios, competían por la colonización y control del Sistema Solar. Como este juego contaba con una tecnología antipiratería aún infranqueada por la Pampatone, el Dulce jamás había siquiera soñado con comprarlo trucho en la feria de Victorica. Pero, aun así, se decía que los gráficos de *La Conquista del Desierto Espacial (Cristianos vs. Indios 4)* eran tan sofisticados y vivaces que, ni aunque se consiguiera el original, la deficiente Pampatone habría podido reproducirlo, ya que por su defectuosa factura colapsaría apenas empezaban las rimbombantes animaciones del inicio del videojuego.

¡Y ahí estaba el Dulce, con la posibilidad de jugar a *La Conquista del Desierto Espacial (Cristianos vs. Indios 4)* y nada menos que en la Pampatronics!

Una súbita sospecha, sin embargo, lo paralizó. Él ya estaba conectado a la Pampatone, jugando en ese preciso instante a *Cristianos vs. Indios 2*. ¿Era posible conectar una consola dentro de otra? Y en el caso de que fuera posible, ¿qué inconcebible confusión ontológica produciría? ¿Experimentaría la gran calidad y los inmejorables gráficos de la Pampatronics y de *La Conquista del Desierto Espacial (Cristianos vs. Indios 4)* conectándose como conectado estaba desde la pedorra Pampatone? Por otro lado, si él en el videojuego era Indio, ¿por qué La Sagrada Serpiente quería que jugase de Cristiano?

Su pecho se atribuló de ansiedades, pero concluyó que si La Gran Serpiente así lo había deseado, debía cumplir su destino deviniendo pernicioso y traicionero Cristiano. Tras persignarse con el símbolo circular de la serpiente se puso el casco de la reluciente consola (con una puntería notable, ya que, como carecía de brazos, debió cabecear hasta que su cráneo se encastró en los sensores) y la prendió. Inmediatamente desapareció de la gélida Antártida decimonónica y emergió en el futuro, es decir, un presente ligeramente posterior al de su muerte. Su nombre era Noah Nuclopio y estaba en Marte en calidad de CEO del conglomerado AIS-Influenza Financial Services-YPF, adonde había viajado para inaugurar la Patagonia Marciana, una vasta obra de geoingeniería planetaria que su empresa había realizado en los Montes Nereidum, una cordillera de 1.143 kilómetros de largo y con un notable parecido por su forma y tamaño a la antigua región patagónica de la Tierra (que, como recordarán, debido al calentamiento climático, se había vuelto un archipiélago de ardientes islas desiertas). El ambicioso objetivo de la empresa, aprendía el Dulce de la memoria de Noah Nuclopio, había sido justamente construir la Patagonia en Marte. Pero no una mera copia (puesto que la terrestre ya no existía) sino una mejor que la original, con la misma flora, la misma fauna y los mismos accidentes naturales, pero maximizada. Aprovechando el infinito espacio virgen disponible de los vastos desiertos marcianos, emplazaron una Patagonia veinte veces más grande que la extinta, para lotear y vender a millonarios de todo el cosmos y montar además enormes complejos turísticos con pistas de esquí y espectaculares hoteles que imitaran a imagen y semejanza la arquitectura y la geografía de las más importantes ciudades hundidas bajo el agua, como San Carlos de Bariloche, El Calafate o Punta Arenas.

–¡Solo que esta vez sin Indios! –agregó Noah Nuclopio ante las carcajadas de los asistentes, ya que si bien en *La Conquista del Desierto Espacial (Cristianos vs. Indios 4)* los Indios ya no existían, la rivalidad folclórica del videojuego persistía. Por eso todo era risa y brindis con champeta en la inauguración del Centro Cívico Marciano de Nuevo Bariloche. Noah Nuclopio cortó la cinta inaugural que descubría la emblemática estatua de Julio Argentino

Roca, perfectamente copiada de la que había sido exhibida en la versión terrestre de dicha ciudad siglos atrás, y un cartel anunció al Dulce:

Fundaste la Patagonia Marciana, ¡ganaste 10000 puntos!

Noah Nuclopio (es decir, el Dulce) inmediatamente miró la tabla de posiciones:

```
1. Ébola Holding Bank          2346751 puntos
2. AIS-Influenza Financial
   Services-YPF                2346728 puntos
```

Comprobó que peleaba cabeza a cabeza el primer lugar con Ébola Holding Bank, que acababa de colonizar las llanuras verticales de Júpiter y fundado allí el Gran Chaco Jupiteriano, proyecto que había copiado dicho ecosistema en los precipicios de Júpiter para montar descomunales factorías de tala de quebracho y monocultivo intensificado de soja y palma, además de enormes hoteles para el turismo selvático extraterrestre.

—¡Pero esta vez sin Indios! —enfatizó de vuelta Noah Nuclopio, solo que, como ya estaba de vuelta en su nave espacial, nadie se rió.

Es que una de las grandes ventajas de la geoingeniería a gran escala, aprendía el Dulce de la *Breve introducción a la Terraformación Planetaria* (un tutorial que incluía el videojuego para los jugadores inexpertos) era (escuchaba mientras se prendían los motores de su cohete) «la posibilidad de recrear en otros planetas valiosísimos y ya perdidos ecosistemas autóctonos de la Tierra, pero sin la inconveniencia económica y política de lidiar con sus habitantes originarios. Así, la flora y la fauna nativas y sus fascinantes paisajes no solo adquirían el estatuto de mercancía en estado puro, recurso ilimitado capaz de reproducirse y extraerse infinitamente, sino que además se sorteaba el obstáculo tedioso de las poblaciones aborígenes y su insoportable sentimentalismo por la tierra (producida por la ignorante superstición de que esta era irrepetible). Esta nueva tecnología, que permitía la replicación de largos procesos geológicos de millones de años en poco menos de días o semanas, disparaba un radical nuevo entendimiento sobre qué es un lugar (una selva, una ciudad, un río o cordón montañoso). Ciertamente, no una irrepetible excepcionalidad para nostálgicos, habitado por la etnia menganito o la comunidad fulanito que parasita los recursos y ni siquiera los explota. Mucho menos una precisa coordenada de latitud equis y longitud i griega, ubicable en un punto exacto de un inamovible país o planeta. Bien al contrario, una geografía, un bioma, una ciudad, en resumidas cuentas, *un lugar,* no es más que precisas fórmulas geológicas que permiten calcarla a gran escala en cualquier lugar del cosmos, sumatoria aritmética de condiciones atmosféricas, de acidez, de temperatura, entre otras variables físicas, climáticas e hidrográficas que el empresario con la infraestructura adecuada reproducirá y multiplicará infinitamente donde y cuando quiera. ¡Solo que habitado por quien quiera, y al precio que quiera! Que la selva amazónica, la pampa o los glaciares antárticos hayan surgido por primera vez al sur del planeta Tierra y no en las cordilleras marcianas o los cráteres lunares es un mero azar planetario, una casualidad cósmica, superstición galáctica que nuestra empresa, AIS, busca corregir de manera definitiva. Además, qué mezquina miseria un solo Amazonas, qué misciadura una sola Patagonia, y que encima ya no existan... ¡AIS fundará cien mil Amazonas, cien mil Patagonias, o aún más, infinitos paraísos sobre otros planetas!», finalizó la grabación en la mente del Dulce.

Mientras tanto, la nave arrancaba, y no había tiempo que perder si no se quería resignar el liderazgo de la tabla de posiciones a manos de Ébola Holding Bank. Ya fundada la Patagonia Marciana, el Dulce debía alcanzar a toda velocidad Titán, el satélite de Júpiter donde había que inaugurar las Cataratas Titánicas del Iguazú. La nave se hundió en la densa y amarillenta atmósfera de Titán, que de tan espesa parecía arena, y entre tormentas y rayos avistó finalmente el emprendimiento turístico e inmobiliario de la región. Había que ver para creer el esplendor inagotable de esos volúmenes monstruosos de metano (la sustancia de la que estaban hechos los cuerpos líquidos de Titán), que caían en manantial violento contra el río (también de metano), de manera que una constante nube de dicho hidrocarburo alcalino refrescaba el pesado calor tropical de las Misiones Titánicas. Noah Nuclopio (es decir, el Dulce) fue llevado al mirador frente a la Nueva Garganta del Diablo, donde leyó el discurso de ocasión (no hay tiempo de recordar los detalles) y cortó la cinta inaugural que daba inicio a la temporada turística de las Misiones Titánicas, en dicho satélite de Júpiter.

Fundaste las Cataratas Titánicas del Iguazú, ¡ganaste 25000 puntos!

Miró la tabla:

```
1. Ébola Holding Bank          2371756 puntos
2. AIS-Influenza Financial
   Services-YPF                2371728 puntos
```

Pero de vuelta, no había tiempo que perder, ya que Ébola Holding Bank seguía, a la par, abriendo como caramelos nuevas colonias interplanetarias (se rumoreaba de una nueva y espectacular Amazonas Venusina, doscientas veces más grande que la original). Había que regresar a la Tierra, al centro de operaciones de AIS-Influenza Financial Services-YPF en la Base Belgrano II, para definir y proyectar el siguiente emprendimiento de la empresa.

Noah Nuclopio (es decir, el Dulce) tomó asiento y se abrochó el cinturón para el violento despegue entre las tormentas eléctricas de Titán. Se lamentó de haber tomado tanta champeta en los cócteles de inauguración de las colonias, porque se moría de ganas de mear en el momento menos aconsejado del viaje. Pero la necesidad venció las prevenciones y se desabrochó el cinturón y se levantó de su asiento y, al entrar al toilette, como quien no quiere la cosa, se miró por primera vez al espejo desde que se había conectado al nuevo videojuego. Lo invadió el vértigo proteico para el que ninguna mente humana se preparó jamás, de pasar en lo que dura un instante de ser un niño de doce años a un anciano de ciento cincuenta (la edad de Noah Nuclopio). Porque si bien en la Pampatone había personajes de todas las edades, la defectuosa factura de la consola no permitía identificarse con el cuerpo habitado. Con la Pampatronics, en cambio, se sentía hasta la última terminación nerviosa: todo era real, más que real, vívido e intenso, e incluso más vívido e intenso que su miserable y decadente vida en Victorica.

¡Viajar en un cohete por el espacio!

¡Ser un adulto de carne y hueso, pero uno con dinero y poder, no como el otario de su hermano!

Sueños lejanos y abstrusos que de pronto se materializaban tan solo en un instante. Con taquicardia, con emoción, reconoció su nuevo cuerpo manoseándolo mientras se miraba al espejo. Palpó su cara estirada por las cirugías plásticas (que lo hacían en verdad parecer menos de ciento cincuenta que de cuarenta) y reconoció el sueño de todo niño que quiere ser un hombre adulto: una barba, ¡una barba! ¡Una barba que pinchaba y raspaba, como el más glorioso de los sueños! Palpó sus enormes y musculosos brazos y, por fin, comprobó, al pasar su mano por la braqueta y después bajar los pantalones del traje espacial para orinar, que tenía una pija adulta, adornada con abundante vello púbico:

–¡Flor de garrote! –gritó, sin poder contener su emoción, mientras lo sacudía y largaba un potente chorro de pis. Pensó con agitada vehemencia que se cojería todo lo que quisiese, como el hombre adulto con guita que era, y volvió a su asiento.

El cohete (que contaba con un sistema de autonavegación) iba tan rápido que, en el poco tiempo en que había ido al baño, ya se aproximaba a la Tierra. Miró por la ventana el impactante espectáculo del espacio y se conmovió, ya que en su paupérrima vida en Victorica jamás había volado en avión, y muchísimo menos en un cohete interplanetario. Desde esa distancia vio la Tierra por primera vez como lo que verdaderamente era. Asediada por incendios y temperaturas mayores a 90 ºC y rodeada por una capa atmosférica de insectos que le imprimían un color amarillento en contraste con la negrura del cosmos, parecía un grano a punto de explotar, y pensó que toda la gente que él conocía, su hermano, los otros paseros, los milicos de la cuadra, no eran más que gotas de pus de ese enorme e inmundo forúnculo sebáceo. Por eso no le dio vértigo enterarse (a través de la mente de Noah Nuclopio) que ese planeta estaba devastado, y que solamente la gente con guita (es decir, nadie que él conociera) iba a sobrevivir, gracias a la geoingeniería planetaria de AIS, que reconstruía los antiguos paraísos terrestres en otros planetas, y así la próspera economía de la humanidad renacería en nuevas y flamantes colonias, ubicadas en planetas vírgenes de historia humana aunque listos para darle asiento: planetas que eran infancia pura, futuro puro, porvenir geológico indefinido para el intrépido emprendimiento capitalista, a diferencia del nuestro, reseco como una pasa en su agonía definitiva.

–¿Pero a qué edad muere un planeta como la Tierra? ¿Cuándo termina su vida útil? ¿Cuál es su fecha de caducidad? ¿Cuál el momento definitivo para tomarse el buque, abandonarlo devastado y buscar nuevos rumbos? –se preguntó casi retóricamente el Dulce, aunque el sistema cuántico de autonavegación de la nave, justamente preparado para contestar este tipo de incógnitas, respondió:

–La edad de la Tierra es cuatro mil quinientos cuarenta y tres millones de años.

Y a Noah Nuclopio (es decir, el Dulce) le dio vértigo saber que, en comparación a sus insignificantes doce años o los no menos fútiles ciento cincuenta de su avatar en *La Conquista del Desierto Espacial (Cristianos vs. Indios 4)*, la edad de la Tierra era un tiempo geológico inaudito, inabarcable en la minúscula dimensión de una efímera vida humana, e impensable hasta para el más decrépito de los ancianos... ¡Nada menos que cuatro mil quinientos cuarenta y tres millones!

¡Qué vieja de mierda!

Tal vez tenían razón las personas con guita en abandonar de una buena vez para siempre a esa puerca anciana, pensó.

El Dulce acercó sus grandes y pesadas manos al minúsculo y golpeado planeta en escombros, como quien efectivamente explota un inmundo grano, pero después de jugar un rato a que mataba a su hermano y a los paseros y a los milicos de la cuadra, su atención inmediatamente regresó al hecho de que tenía una pija adulta.

¿Y si se cojía un ovejín? Era imposible que una persona tan rica como Noah Nuclopio no atesorara en algún rincón de su cohete de lujo una ovejinoteca, colección de estos dispositivos que todo millonario que se preciara de tal ostentaba. Se levantó, registró cuanto armario, compuerta y gaveta apareció a su paso y, efectivamente, no precisó de una exhaustiva búsqueda para encontrar, a los pocos metros, un cuarto surcado de estantes en los que yacían apilados cientos de ovejines para todos los gustos, cuanto modelo y variedad se le ocurriera, algunos que, pese a la experiencia obtenida como pasero, jamás había visto en su vida.

Había de todas las formas y colores. No solo el modelo original que él había traficado (la esponja amorfa de carne), sino algunos que parecían insectos, otros animales, otros planetas, otros aberrantes mutaciones de la materia y otros simples objetos cotidianos.

Agarró uno cuya etiqueta decía «pulpetini». Parecía una especie de pulpo, y de ahí evidentemente su nombre. Lo sedujo la múltiple cantidad de firmes y robustos tentáculos violáceos y, al tiempo que lo levantó de la cabeza, le susurró:

—Ahora vas a probar lo que es un buen Dulce, pulpetini...

Y acto seguido le succionó el sifón que produce la jalea. Una vez que el conducto floreció y emanó en volcánica erupción pegajosos chorros de gelatina, lamió, con la sed de quien erra por el desierto, hasta la última gota del espeso fluido. De pronto las pupilas de Noah Nuclopio se dilataron. Su rostro adquirió una malévola expresión siniestra, la de un verdadero diablillo, y su pija se puso más gorda y dura que nunca.

–Uff, sabés cómo te voy a endulzar el orto, pulpetini... –boqueó, ya en un nivel muy alto de excitación, con la baba que le colgaba de los labios hasta la pera.

Se bajó la bragueta y penetró al dispositivo. Como en acto reflejo, se activaron los zigzagueantes e hipnóticos tentáculos del ovejín, que comenzaron a acariciarlo y a envolverlo y se introdujeron al mismo tiempo por su boca y por su ano. El Dulce, con la boca llena mientras penetraba y era penetrado, berraba de intensísimo goce. Llegó a balbucear:

–¡Rellename, carajo! ¡Como un puto matambre! ¡De tu puta mermelada tentacular!

El pulpetini obedeció. Una vez que el grueso tentáculo que entró por su boca hizo un considerable esfuerzo por hacer pasar el gordo tronco florecido de ventosas por la garganta y, entre bufidos y arcadas de Noah Nuclopio, que a su vez lo embestían de la misma manera por el culo, alcanzó las paredes del esófago por un lado y el callejón más recóndito del duodeno por otro, disparó sendos misiles de mermelada tentacular, que primero ardieron como lava y que sacudieron las extremidades del Dulce como un condenado a la silla eléctrica durante casi medio minuto, pero que después lo congelaron con el cuerpo despatarrado en una especie de rigor mortis definitivo. Y lejos de sentir terror o espanto ante la rigidez cadavérica de sus miembros, el picante efecto de la sustancia lo sumió en una nebulosa de impensada y novísima plenitud, como un buda que alcanza la iluminación. Mientras tanto el pulpo escupió más misilazos y untó el cuerpo de su víctima, ya paralizado, con la espesa jalea, y los testículos y el pene de Noah Nuclopio se invaginaron, y sus pectorales se inflamaron y bifurcaron hasta volverse no dos, sino cinco enormes tetas, a la par que el pulpo con sus tentáculos lo colocó en cuatro (debió hacer un esfuerzo considerable por la rigidez que persistía en las extremidades) y el pulpetini agarró más jalea, que frotó en los invaginados genitales del Dulce, quien al ver el efecto de la jalea en su cuerpo, jalea transparente que emanaba en manantial del dispositivo, comprobó que burbujeaba en su piel como una especie de fritura, y después explotaba en desgarros epidérmicos y nebulosas de crustáceos que crujen y cantan y que cirujanamente surcaban más incisiones vaginales. Fríos y grises, los tentáculos digitaron su espalda, penetraron (otra vez) el culo y (al mismo tiempo) la boca y la vagina, y eyectaron un aceite caliente un aceite ardiente como una brasa como el fuego de una supernova expansiva, y se invaginó su ombligo, y se invaginaron sus cinco pezones, y se invaginaron sus orejas y sus ojos, y se invaginaron los orificios de su nariz y cada orificio capilar del cuero cabelludo, y se invaginaron las uñas de sus dedos y sus pies, y se invaginó cada poro de su cutis y las papilas gustativas de la lengua, y entonces los tentáculos (que también análogamente se multiplicaron para ser equivalentes al número de vaginas) procedieron a penetrar los flamantes orificios, y las explosiones de jalea, y la lava tentacular en bombardeo bélico, y cuando la confusa espesura de placer alcanzó el abismo donde ya no hay retorno porque allí yace otro abismo, las alarmas de la nave y un temblor que sacudió de un golpazo la cabina revolearon a Noah Nuclopio contra la pared e interrumpieron todo.

—¡Mosquitos de mierda! —se escuchó que gritaba el

control de autonavegación del cohete. En efecto, el impacto de uno de esos gigantescos insectos contra la carrocería había producido una violenta turbulencia mientras la nave ingresaba a la Tierra. Por si fuera poco, al explotar, el mosquito había salpicado de nauseabunda sangre las ventanas de la nave. Es que, pese a la avanzada tecnología espacial del siglo XXIII, el aterrizaje a la Tierra se había vuelto un momento de incontrolable riesgo, ya que la alborotada cantidad de trillones de enormes mosquitos que zumbaban y orbitaban a su alrededor era tal que habían establecido una nueva capa atmosférica entre la mesósfera y la tropósfera, bautizada como la mosquitósfera, que orbitaba en constante nube y que exponía al vehículo que despegara o aterrizase a todo tipo de peligrosísimos accidentes: desde rajar los vidrios y despresurizar la nave, entrar a una turbina y dañar sus hélices a, la más común y silvestre, colisionar contra el enorme vehículo y someterlo a violentos sacudones, que era lo que ocurría exactamente ahora.

Noah Nuclopio comprobó con fastidio que sus múltiples vaginas se habían cerrado y que el ovejín tentacular yacía a un costado, ovillado en su sueño.

—Mosquitos de mierda... —repitió, como eco de su chofer.

Se mortificó de que las malditas turbulencias hubieran interrumpido el coito y se dispuso a chupar de vuelta la jalea, cuando una alerta en la tabla de posiciones lo devolvió al trajín cotidiano de sus ocupaciones.

```
1. Ébola Holding Bank          24567830 puntos
2. AIS-Influenza Financial
   Services-YPF                24567830 puntos
```

Al parecer, mientras cojía con el ovejín, su empresa había obtenido el primer puesto en la tabla, pero después la había superado Ébola Holding Bank, y más tarde AIS-Influenza Financial Services-YPF la había vuelto a alcanzar. Las dos megacorporaciones de virofinanzas empataban el liderazgo, aunque, claro está, superando por amplia ventaja al resto de las empresas de cualquier otro rubro, ya que el virus que ambas patrocinaban, el del dengue pampeano, recrudecía y azotaba sin descanso a la completa esfera terrestre.

Es que, en los tiempos que corrían, el capitalismo virofinanciero era por lejos la actividad más lucrativa de la Tierra. La especulación vírica vivía una etapa de gloria, y ninguna corporación dedicada a otra actividad podía siquiera alcanzar un millonésimo de su accésit, que se distribuían monopólicamente, como ya se mencionó, Ébola Holding Bank y la empresa de Noah Nuclopio.

Pasada una primera etapa de incertidumbre por la irrupción intempestiva del nuevo virus del dengue antes de su secuenciamiento, y que había desatado el gran crack del 72 de la Bolsa de Valores de La Pampa, el esfuerzo hercúleo de los más avezados virofinancistas por predecir algorítmicamente el tipo y volumen de ventas que causaba la enfermedad convirtieron a la antedicha pandemia en una mina de oro para este rubro de la actividad financiera. Así, a medida que proliferaban los mosquitos y se volvían plaga irrefrenable y fuera de control y arrasaban ciudades enteras poniendo fecha de caducidad inminente a la especie humana que permanecía en la Tierra, naturalmente se dispararon los paquetes que compilaban AIS-Influenza Financial Services-YPF y Ébola Holding Bank, que incluían acciones de inmobiliarias extraterrestres (un rubro en ascenso, ya que la gente rica huía sin cesar de la Tierra), además de vacunas, fármacos y otros insumos asociados a la enfermedad. La demanda de estos preciados activos escalaba vertiginosamente sin encontrar techo, y, para colmo, la mutación permanente del virus (que, según calculaban las monumentales computadoras cuánticas del IVF –Indicador Virus Financiero–, era de una velocidad jamás vista) aseguraba que su vida útil jamás cesaría. De esta manera, la apuesta del capitalismo por la mayor catástrofe epidemiológica del planeta se había vuelto el primer motor de la especulación financiera, que se disputaban palmo a palmo las empresas de Noah Nuclopio y Ébola Holding Bank, y no se podía dejar ningún detalle librado al azar si se quería dominar el ranking. Y entonces AIS-Influenza Financial Services-YPF, en una jugada maestra, había implantado en cientos de úteros del Caribe Pampeano las larvillas infectas de una nueva y compleja mutación del dengue, de la cual solo ellos poseían la fórmula de la vacuna que lo prevendría y del cóctel de fármacos que lo habrían de curar. Y cuando sacaran esta información a la luz (era, en efecto, el proyecto que Noah Nuclopio venía al Caribe Antártico a culminar) sus acciones liderarían de manera monopólica e indiscutida el rubro de las virofinanzas.

Después de las complicadas turbulencias producidas por la tormenta de mosquitos, la nave inició su aterrizaje en el centro de operaciones de la Base Belgrano II, en los yacimientos de fósiles raros que explotaba YPF y donde Noah Nuclopio albergaba su centro de operaciones. Mientras aterrizaban en pista, desde el cielo podía apreciarse, rodeado de un enorme cerco militar, el famoso YPF Mosquitero, la máquina de extracción de fósiles más poderosa de la Tierra. Porque en honor al nuevo mosquito que dominaba la Tierra y que había abierto la edad de oro de las virofinanzas y próximamente cimentaría de manera definitiva el monopolio hegemónico para AIS-Influenza Financial Services-YPF, la gran usina que succionaba metales raros del centro de la Tierra se había construido con la fisonomía de un monumental mosquito jurásico, de una magnitud que quizá dentro de millones de años los actuales especímenes alcanzarían por falta de competencia con otras especies.

Pero al Dulce, cuando vio el titánico mosquito maquínico extractor de minerales, lo sacudió el terremoto de una revelación. Los recuerdos se superpusieron como haces en desorden. Recordemos que, tras el instante de frenesí brutal cuando, todavía en Victorica, introdujo la piedrita telepática en el estuche de la batería de la Pampatone y, al conectarse, los tres éxtasis del tiempo se fundieron en uno, el Dulce accedió, en un incalculable instante mudo, no solo al arcano subterráneo de momentos remotos en el pasado y el presente de la Tierra, cuando un caldo de previda sin forma florecía y gobernaba todo, y las cosas (lo vivo y lo no vivo, el ser y el no ser) eran una sola: La Gran Anarca, sino además a tiempos inmediatamente posteriores a su presente, cuando él mismo moriría a manos (a aguijonazos, en realidad) de un aberrante mosquito apodado «el niño dengue», nada menos que uno de los mutantes que su propia empresa había producido y patrocinaba. Calculó con la confusión que propiciaban estos anacronismos simultáneos que, si mataba en este futuro al mosquito que sería su verdugo, tal vez jamás sería asesinado.

Y calculó que esta torsión del tiempo en que habitaba este cuerpo que era posterior a su propia muerte, y nada menos que el cuerpo de uno de los hombres más poderosos del Sistema Solar, el de Noah Nuclopio, le ponía a su alcance todas las herramientas que se imaginara para exterminar al mosquito inmundo que marcaría su hado, y sobrevivir así de manera contrafáctica a su muerte, en el mundo en que estaba conectado a la Pampatone, que a su vez lo conectaba a la Pampatronics, en la que era Indio y después Cristiano.

Al llegar al centro de operaciones de AIS-Influenza Financial Services-YPF en el polo geomagnético terrestre, entró a su oficina. Se sentó y se convenció de que había que exterminar, a como diera lugar, a ese mosquito. Pero mientras miraba la incesante mosquitósfera que nublaba el cielo, pensó: ¿Cómo encontrar, entre la vasta y multiforme nube de trillones y trillones de mosquitos que pueblan la Tierra, a mi verdugo? ¿Cómo identificar, bajo el signo incalculable de lo múltiple, a lo uno? ¿No era, después de todo, su tarea y la de su empresa calcular, enumerar, volver dígito y hacer calculable lo incalculable?

¿Pero si lo incalculable se volvía calculable, tenía sentido matar al mosquito y salvar su vida, si era a precio de que el proyecto de su majestuosa empresa fracasara?

En efecto, matar al mosquito salvaría al Dulce, pero al mismo tiempo terminaría con la nueva cepa de dengue que se había incubado en Victorica (ya que este mosquito mutante era su principal vector), y así el proyecto malévolo de superar a Ébola Holding Bank con el experimento de las larvillas mutantes fracasaría y su empresa se iría a la ruina.

Asustado, aterrado, se confundió.

¿Qué pretendía La Gran Serpiente de él?

Agarró con la mano la cápsula que anunciaba la tabla de posiciones de las corporaciones:

1. Ébola Holding Bank   24567830 puntos
2. AIS-Influenza Financial
   Services-YPF   24567830 puntos

Mientras examinaba fascinado los dígitos y rechequeaba que no hubiera habido ninguna sorpresa en los puntos, se preguntó:

¿La vida o la guita?

¿Pero qué es la vida sin guita o, aún peor, la guita sin vida?

Si sobrevivía, su empresa quebraría. Pero si no mataba al mosco, al salir del videojuego, en unos pocos meses, cuando terminara la escuela y lo mandaran a la colonia...

En estas paradójicas aporías malgastaba los valiosísimos minutos que seguramente la competencia aprovechaba cuando violentos golpes en la puerta de su oficina lo devolvieron a la realidad (o a lo que fuera donde en ese momento se encontraba).

–Señor, señor –le dijo con agitación su asistente–, lo están buscando. Es urgente.

Pidió que pasaran.

Mientras tanto, mientras sacudía la cápsula que anunciaba los puntajes, se volvió a preguntar:

¿La vida o la guita?

Se abrió la puerta y, en efecto, lo que entró no era múltiple, sino uno, calculable.

¿La vida o la guita?

Uno. Calculable.

¿La vida o la guita?

Múltiples. Incalculables.

El visitante entró, pero no era un empleado de la empresa. Ni siquiera era humano. Pero en la incesante confluencia de tiempos que reconectaban la Pampatone con la Pampatronics, el siglo XIX con el año 2272, y su vida con su muerte, era a quien en realidad estaba esperando.

En la dimensión múltiple de lo múltiple, de lo temporal arrancado de sus goznes que La Gran Anarca propiciaba, el encuentro entre el Dulce y ella se repitió.

FINAL

Cuando la niña dengue entró a su oficina, Noah Nuclopio no supo qué hacer. Allí vio a la inmunda, con las alas y las patitas replegadas, las antenas y la probóscide apuntando al suelo, y una mirada triste y desolada como pidiendo permiso, completamente intimidada y reducida a su más mínima expresión ante quien veía por primera vez y creía nada menos que su padre.

–¿Es cierto que sos mi papá? –le preguntó la mosquita apenas lo vio, sin prolegómenos ni presentaciones, con los múltiples ojos omatidios empapados de una espesa sustancia que a falta de mejor equivalente llamaremos lágrimas–. ¿Es cierto o no es cierto? –insistió la niña dengue ante el silencio de Noah Nuclopio (es decir, el Dulce), quien no supo qué responder.

Por un lado, él apenas jugaba un videojuego dentro de otro, y ni puta idea tenía si Noah Nuclopio, su avatar en *La Conquista del Desierto Espacial (Cristianos vs. Indios 4)*, era en efecto el padre de esa horrenda criatura. Y por otro, en el caso de que fuera cierto, él tampoco había tenido padre, y no sabía (si quisiera fingir dicho rol) cómo un progenitor lidia con su progenie. Pero en una zona íntima de su ser percutía un dilema más elemental: por fin la tenía frente a sus ojos. Era ella, ¡ella!, nada menos que su verduga, el inmundo insecto que abriría sus tripas al medio y su cuerpo sin vida. Miró con asco sus gordas antenas cubiertas de pelos que parecían pinches y la barriga amarronada que palpitaba de sangre y las delgadísimas patas bicolores como alfileres y los ojos fragmentados en más pequeños ojitos geométricos y dispares que le despertaron una fobia atávica y el aguijón que (se dio cuenta en ese momento) no era un palo uniforme sino una especie de pico de tucán del que emergía su arma homicida y pensó: si esta brutal cosa inmensa y viviente habría de ser mi verduga, pero al mismo tiempo la autora ancestral del nuevo virus del dengue, ¿debía matarla y salvarme, o salvar a la empresa y dejarla vivir?

¿La vida o la guita?

Nervioso, se jugó por la guita:

—Sí, soy tu papi. ¡Hijita mía! Te engendré para el juego arriesgado y hermoso de la vida introduciendo unas larvillas infectas en la vagina de tu vieja. Fuiste creada con mucho, muchísimo amor mediante un complejo experimento genético y financiero, para que el virus que albergas alimente las acciones de mi empresa. Y ahora que te reprodujiste indefinidamente y tus vástagos conformaron una gruesa capa inséctica que recubre el planeta entre la mesósfera y la topósfera y tu especie rige sin mayor competencia los procesos atmosféricos de la Tierra, nuestra empresa es la más poderosa del mundo ¡Gracias a ti! ¡Salve, niña dengue! ¡Salve tu prodigiosa utilidad a la especulación virofinanciera para la que fuiste creada!

Noah Nuclopio de pronto se alertó por un cambio en el ranking:

```
1. AIS-Influenza Financial
   Services-YPF         24689691 puntos
2. Ébola Holding Bank   24679035 puntos
```

¡Por fin! Sus ojos se humedecieron de emoción. La nueva cepa del dengue había recrudecido de una vez por todas en el Caribe Antártico, y sus efectos repercutían en las acciones de su empresa, llevándola al liderazgo indiscutido. Y todo gracias a ella, la niña dengue: ahí tenía a la autora intelectual de su enorme riqueza, nada menos que su hija.

En muestra de infinita gratitud patriarcal, contuvo su asco y abrió lo más fuerte que pudo los brazos para poder abarcar al monstruoso insecto y gritó:

—¡Hijita mía!

La niña dengue retrocedió y se mareó. ¿O sea que todo lo que había hecho era para que el sorete de su viejo se llenara de guita? ¿La gente que con tanto tesón y sudor había infectado y matado, creyendo que así se vengaba de su condición horrenda, no era sino un plan maquiavélico que monetizaba la empresa de su padre?

Pero otras incógnitas que habían sacudido las antenas de la mosquita al llegar a la sede de YPF en la Base Belgrano II de pronto se enhebraban y reverberaban en misteriosa serie. Por ejemplo, qué era ese bestial mosquito de acero de monumentales proporciones que succionaba infatigablemente las entrañas de la Tierra. Y por qué lo rodeaba una férrea seguridad militar como jamás había visto: cientos de torres de control, helicópteros, tanques, miles de soldados con ametralladoras, máscaras y trajes químicos, como si lo que ese mosquito mecánico succionaba fuera un secreto terrible que nadie nunca jamás debía conocer.

—¿Por qué hay tantos milicos rodeando a ese mosquito gigante? —preguntó finalmente la niña dengue.

Y Noah Nuclopio le contó la historia de las piedritas telepáticas. Cómo, después de que las capas glaciales que desde tiempos inmemoriales habían cubierto la Antártida Argentina se derritieron, e YPF (con el auspicio de capitales británicos) principió la extracción de petróleo de las entrañas terrestres, se había descubierto una nueva e incomprensible formación geológica ancestral, una especie de previda, cuyos poderes telepáticos (aún vedados al saber científico) sumían en la más horrenda locura a la gente que trabajaba en el pozo. Los tráilers donde vivían los obreros se volvieron de un día para el otro un grotesco circo de psicóticos: peleas a los gritos con rabiosas entidades inexistentes, espejismos y alucinaciones nocturnas, entre otros tantos episodios psiquiátricos que condujeron a suicidios y homicidios. Al principio, se pensaba que el recrudecimiento de la locura se debía al intenso y solitario ritmo de trabajo en la tundra antártica, y se implementaron turnos rotativos, que no hicieron sino multiplicar y empeorar la cantidad de trabajadores afectados, hasta que se descubrió la verdad.

Y por eso (proseguía Noah Nuclopio), por miedo a que el inexplicable prodigio geológico franqueara los límites de la Base Belgrano II, el pozo se había transformado en un custodiado secreto de Estado, que el Ejército Argentino, con apoyo de las Fuerzas Británicas, celosamente vigilaba, mientras el YPF Mosquitero continuaba succionando y los más destacados geólogos estudiaban el potencial energético e industrial de estas piedritas, que aún era un verdadero misterio.

De momento (agregaba Noah Nuclopio), solo se sabía que sus perniciosos prodigios telepáticos no solo enloquecían la mente, sino también la materialidad de las cosas, y que por eso su más poderosa agencia, que aparentemente la originarían antiquísimos microorganismos primitivos fosilizados en su compacta materia que datan de la infancia de la Tierra, era justamente fusionar los objetos en una sola anarquía sin forma. En efecto, lo que al parecer causaría la previda que gobernaba estas piedritas era el desmembramiento de las estructuras membranosas que separan las células entre sí, eliminando la distancia entre las cosas, y en última instancia, si las incalculables toneladas de estas antiquísimas formaciones fósiles que yacían en las profundidades se liberaran sin ningún tipo de control, la infinita multiplicidad de cosas que poblaban el mundo, separadas e individualizadas unas de las otras, contables mediante dígitos e intercambiables entre sí, se indistinguirían, y el más firme de todos los principios, el de la propiedad privada, que una cosa sea de uno y no de otro, se derrumbaría para siempre.

Noah Nuclopio, tras este apretado resumen, sentenció:

—Esto, quienes han recibido la perniciosa influencia psíquica de las piedritas, lo llaman La Gran Anarca, y es una fuerza que hace años se intenta ocultar, dicen que sin éxito, a la población, porque su efecto es incalculable y justamente por eso catastrófico.

—¿La qué?

—La Gran Anarca, ¿sos sorda?

La niña dengue sintió de pronto el fuego sagrado de una revelación. Porque recordó que, cuando quiso conocer su origen mestizo, y le había preguntado a su madre cómo nacen los niños dengue *dengue*, esta había pronunciado la enigmática sentencia que contenía ese nombre («¿Quieres que hablemos de La Gran Anarca?»). Entonces, quizá, la antiquísima materia de estas piedritas encerrara el verdadero secreto sobre su origen. Y el farsante de Noah Nuclopio no fuera en efecto su padre, sino la poderosa potencia fósil que latía inmemorialmente en el pozo.

La niña dengue inquirió a Noah Nuclopio:

—¿Y dónde puedo acceder a una de esas piedritas?

Noah Nuclopio se rió. Le señaló un frasco perfectamente sellado en su escritorio. Adentro, refulgía un huevito fluorescente. Era brilloso y lo recorrían unas venitas que latían y cambiaban bruscamente de brillo y de color.

La niña dengue se acercó al frasco que guardaba la piedrita telepática y lo abrió. Temerosa de sus efectos que ignoraba, la niña dengue la rozó con su pico. Inmediatamente escuchó dentro de su propia mente, como si una cavernosa voz primitiva que llegaba desde las entrañas terrestres le susurrara:

—¿Quieres que hablemos de La Gran Anarca?

—Sí —respondió sin dudar la niña dengue.

—La Gran Anarca. La Gran Anarca eres tú.

La niña dengue no entendió el sentido literal de ese mensaje, pero al mismo tiempo se dejó llevar por la prehistórica potencia de su voz. De pronto entendió todo: en un experimento sin precedentes, Noah Nuclopio había introducido la previda que gobernaba las piedritas en el útero de su madre. Y así había nacido la aberrante estirpe de doce letras. El niño dengue. La niña dengue. La mami dengue. La nada dengue. La nube dengue. Todas codificadas en la estructura dodecágona de La Gran Anarca. La niña dengue miró a Noah Nuclopio, a su padre, y donde esperó encontrar algún rasgo o expresión similar a los suyos (¿qué podían tener en común, después de todo, un apuesto hombre humano con ese aberrante insecto?) no encontró a su padre, sino al Dulce, el odioso niño que había conocido y exterminado en la colonia de vacaciones de Victorica.

Recordó de pronto las hediondas playas del Caribe Pampeano y la arena infestada de desechos y vigas retorcidas y oxidadas y el agua maloliente y el Dulce que dirigía la orquesta diabólica contra su ser.

¡Está eunuco el insecto!
¡Está insecto el eunuco!
¡Bi-cho eu-nu-co!
¡Bi-cho eu-nu-co!
¡Bi-cho eu-nu-co!

En su cabeza aún resonaba como una maldición ese estribillo, cada sílaba del rítmico stacato un punzón que se clavaba en su peludo y uniforme pecho, como un insistente trauma que le recordaba por qué odiaba a la humanidad más y más.

Su padre de pronto se transformó en un rollizo niño de doce años.

–¿Pero vos no sos el Dulce? ¿Qué hacés acá haciéndote pasar por este Cristiano, si sos un miserable Indio de Victorica como yo?

El Dulce también sintió la tormenta íntima de una revelación, y se dio cuenta de que la niña dengue estaba en lo cierto. ¿No debía mejor matarla y regresar a su vida de Indio en Victorica, en vez de hacerse pasar por este Cristiano millonario que en el fondo era su enemigo?

Pero apenas atinó a agarrar con fuerza la esfera que anunciaba las acciones de su empresa (arrojada con cierta violencia tal vez la habría matado) cuando la niña dengue lo volvió a mirar, y sintió tanta bronca por el idiota que su pico se hinchó de furia y, con pulso fiero de matarife, abrió como a un pollo su abdomen. Cuando los intestinos del Dulce afloraron en súbita explosión, los volvió a cortar de cuajo como una piola que salpicó un aguacero de sangre y bolos alimenticios.

Y cuando se despabiló, el Dulce se había desconectado de la Pampatronics en la Pampatone y estaba de vuelta en el ardiente sauna de su chalet en Victorica. Pensó con vergüenza que la niña dengue (que era la misma que La Gran Serpiente) tenía razón. Y comprendió que si había hecho ese viaje definitivo para el encuentro último con su diosa y múltiple verduga, era para que esta le revelara la verdad dodecagonal que le había sido asignada. Él siempre sería Indio. Cristiano, nunca. Entonces sacó la piedrita telepática del estuche de las pilas de la Pampatone, y apenas escuchó:

—¿Quieres que hablemos de La Gran Anarca?

Se reventó la cabeza con la piedrita y se fundió en la oscuridad más absoluta.

Mientras tanto, en la Base Belgrano II, la mosquita de las doce letras, la niña dengue, razonó que para volverse La Gran Anarca debía zambullirse en el pozo donde la chispa de la previda latía, donde el ser y el no ser y lo vivo y lo no vivo se indistinguían sin forma ni concierto. Entonces levantó el vuelo y se dispuso a franquear el cordón de seguridad que rodeaba al YPF Mosquitero que a su vez succionaba la previda de la Tierra. La niña dengue pasó por arriba del primer cordón de puestos de seguridad que, apenas la vieron aparecer, abrieron fuego furiosamente, hilos de acero que zumbaban como insectos alrededor de la niña pero no la rozaban, y como justamente esta seguía avanzando impunemente hacia la bestia hidráulica, segundo cordón, tercer cordón, cuarto cordón (había cinco), hacia el monumental YPF Mosquitero, los tanques también dispararon contra ella, y como la niña se concentró tanto en esquivar uno de estos explosivos, no vio la nueva ráfaga de metralla que se alojó en su vientre. La niña dengue pudo sentir en un instante que hizo paf la explosión gelatinosa de su abultado abdomen, que lanzó una lluvia ácida de espesa sangre podrida que se confundió entre el humo de la balacera, y que a la niña dengue le hizo perder todo dominio y control sobre sí. Cayó precipitada en picada, y a punto estaba de estrellarse contra el bestial Mosquitero cuando, en una proeza de malabarismo definitiva, timoneó sus alas hacia un costado y, pese a su cuerpo desgarrado por el plomo, dio unas vueltas carnero en el aire como la más sofisticada de las gimnastas y esquivó al mosquito metálico. Así, se precipitó sin retorno por las fauces geológicas que albergaban las piedritas telepáticas y que el Mosquitero succionaba, y ya en la mira de los rifles que la apuntaban solo había un abismo de luminosidad fluorescente y sin fondo.

Y cuando la nada dengue entró a las fauces primigenias del pozo y vio lo que allí hablaba y gobernaba sin forma ni concierto, se fundió finalmente con la fuente de la anarquía primigenia, con la inmemorial inteligencia geológica y el uno iniciático del que todo lo que conocían emanaba. Descubrió que «El Aleph», cuento que había leído en una versión adelgazada para niños, era un mero artificio de la mente, porque un punto que incluye todos los puntos no puede existir en ningún lugar de la Tierra si no es sacudiendo los goznes que esclavizan al Tiempo. En efecto, lo que lograba la anarquía primigenia que gobernaba esa infantil inteligencia geológica no solo era confundir todas las cosas que son y no son sino también los ahoras y ayeres y mañanas que fueron y no fueron y son y no son y serán y no serán, y entonces no solo no había manera de distinguir una cosa de otra, sino ni siquiera una misma en distintos momentos pasados y futuros del vértice ciego que es este ahora. Así, la niña dengue se vio en un epifánico abanico de multiplicidades de las que adquirió dominio supremo, y viajó al siglo XIX y mató a Julio Argentino Roca decretando el fin de la Conquista del Desierto, y viajó al año 2272 a la colonia de vacaciones en Victorica y se mató a sí misma y así evitó la peste del dengue y su monetización en la Bolsa, y de paso, ya que estaba, mató al Dulce y viajó a la Antártida y la descolonizó del yugo británico y después viajó a las colonias interplanetarias de AIS y mató cuanto humano en fuga de la Tierra encontró, y después también viajó al Pleistoceno donde dejó huevos de mosquito para que exterminaran al incipiente Homo Sapiens y nunca de los jamases se extendiera la humanidad en la Tierra, y después viajó a tu presente donde te picó e infectó con su virus por siempre, y después a una partida de *Cristianos vs. Indios 2* donde volvió a matar al Dulce en su metaverso, y después a otro presente, o pasado, o futuro, ¿se distinguían ya?, a esta altura no, porque todos los éxtasis del tiempo persistían en una sola presencia, un unánime trance que confluyó en tu infancia, el origen eterno del mundo que nunca dejaba de empezar, otra vez y otra vez y otra vez, en un tictac terco y sempiterno destrozándolo todo como solo los comienzos destrozan. La niña dengue, que ya se había fundido en las doce letras de La Gran Anarca, descubrió que si la Tierra no puede nunca terminar es porque una inutilidad permanente late en su interior, y es una infancia que siempre amenaza con volver, y que ahora regresa, confundiendo todo con todos y cada momento con los demás, poniendo punto final a este panfleto planetario sobre tiempos geológicos que nunca existieron pero volverán, que nunca habrían de envejecer porque la compacta materia fósil los retuvo en su albor, su minoría ETERNA, cuando lo vivo y lo no vivo y el ser y el no ser se congregaban en un imperio primigenio un enjambre cósmico un lodo de memoria química una aberración protoplasmática de la materia una sustancia fugitiva de las cárceles del Tiempo y del Espacio unos antiquísimos microorganismos primitivos una chispa de previda un arcano fósil una secreta maldición geológica una diatriba contra las membranas y las células una sola entidad que es y no es y vive y no vive y es ahora y es nunca y es hoy y es ayer y no ayer y no hoy y no nunca, gobernada por las doce letras, las sin cuenta, ¿cuántas? La Gran Anarca, y hay desconcierto y arduas heridas cacofónicas y un arcano primitivo que nunca florece pero florece, y un ahora que no es ahora porque se eterniza en nunca, y un ya que no es ya ¡porque es ya!, y la saludan, o saludaron, o saludarán, ya no hay tiempo: usted ha ingresado en la infancia del mundo.

¡Salve, Gran Anarca!

ÍNDICE

EN EL CARIBE PAMPEANO
El niño dengue 15
El Dulce 29
René 42
La niña dengue 56

EN EL CARIBE ANTÁRTICO
AIS 79
La mami dengue 85
El Dulce 96
La envenenada dengue 113
El Dulce 127
Final 149

Impreso en
Romanyà Valls, S. A.,
Sant Joan Baptista, 35
08789 La Torre de Claramunt